HB

Leander Steinkopf

STADT DER FEEN UND WÜNSCHE

Eine Erzählung

Hanser Berlin

2. Auflage 2018

ISBN 978-3-446-25860-0

Satz im Verlag
Druck und Bindung: CPI books GmbH, Leck
Umschlag: Anzinger und Rasp, München,
Motiv: Par Terre © Rui Calçada Bastos
Printed in Germany

FSC
www.fsc.org
MIX
Papier aus verantwortungs-
vollen Quellen
FSC® C083411

Ein Penner legt sich auf den Bürgersteig, streckt die Arme in den Himmel und singt »Ave Maria«. Ich bleibe stehen, der Menschenfluss staut sich. Eigentlich habe ich Lust, mich zu ihm auf den Boden zu legen. Mitsingen will ich nicht, ich würde die Hände in den Taschen behalten, in den Himmel starren und genießen, ein Hindernis zu sein. Doch ich steige über ihn hinweg, als müsste ich irgendwo hin. Ich mag diesen Teil der Friedrichstraße, in dem man sich vorkommt wie in einer richtigen Stadt. Hier kann man Menschen beobachten, die Verantwortung tragen und es eilig haben. Überall sonst in Berlin heißt Beobachten, Blicke unter Untätigen zu tauschen, aber auf diesen paar Hundert Metern wahre Stadt von der Spree in Richtung Süden findet man die besondere Ruhe, die entsteht, wenn man seine Langsamkeit gegen die Hast der anderen behauptet. Nur hier, und nicht sehr lange, denn bald kommen die Shopper, und deren Schlendern macht die Langsamkeit vulgär.

Bei Dussmann ragen zwischen den lesend geneigten Köpfen große Männer mit Anzug, Trenchcoat und

Aktentasche hervor. Mit offen stehendem Mund und gespitzten Augen überblicken sie die Tische mit den Neuerscheinungen. Selbst wenn sie still stehen, weht ihr Mantel vor Eile. Über die Schultern der Leser hinweg greifen sie ein gebundenes Buch vom Stapel, wenden es hastig nach allen Seiten, so wie man Gemüse nach Druckstellen absucht, dann bezahlen sie mit Kreditkarte und lassen es als Geschenk verpacken.

Ich gehe zu den Regalen mit den Lebensratgebern. Niemand bleibt dort stehen, sie schielen nur im Vorbeigehen auf die Bücher. Stehenzubleiben hieße einzugestehen, dass man Probleme hat. Es reicht, ein Buch in die Hand zu nehmen oder einen Titel nur lange genug zu fixieren, schon ist man enttarnt: als Raucher, der nicht loskommt, als Jasager, der nicht Nein sagen kann, als Depressiver, als Impotenter. Ich bleibe gerne hier stehen und schaue mir die Bücher an. Nicht jene, die mir helfen könnten, sondern die anderen, die mir unverständlich sind. Ich glaube, die größte Wirkung könnten sie haben, wenn sie nicht heimlich zu Hause gelesen würden, sondern ganz offen in der U-Bahn. Man sähe jedem die größte Schwäche am Buchdeckel an und wäre nicht so allein mit seiner Unzulänglichkeit.

Ich gehe an der Spree entlang, da sitzen Kiffer mit dem ersten Joint des Tages und Büromenschen, die Pause machen, um ihre Erinnerungen an die Sonne aufzufrischen. Das Regierungsviertel besteht fast nur aus Glas und es scheint keine Zäune und Mauern zu brauchen, alles ist offen, der Zutritt nur versperrt von den Blicken der Wärmesensoren und Überwachungskameras. Schaut man von der Spreepromenade zum Kanzleramt auf, wirkt es still und tot, nur ab und zu hebt sich ein Schwarm Vögel in den leeren Himmel, als würde dort nur über einen Acker geherrscht, aus dem die Krähen Körner picken.

Ein gutes Stück weiter die Spree entlang lastet eine Brücke auf dem Fluss und zwängt die Promenade in einen Tunnel hinein. Dort sind vier Penner heimisch. Sie sind gerade nicht zu Hause, nur ihre vier Matratzen liegen mit dem Kopfende zur Wand, in gleichmäßigem Abstand zueinander wie in einem Vierbettzimmer. Am Kopfende der Matratze, dort wo neben dem Bett der Nachttisch stünde, lehnt je eine Plastiktüte mit ihrer Habe, nur geschützt von dem äußeren Anschein, das nichts weniger wert zu klauen ist. Auf der letzten Matratze scheint jemand zu liegen, aber bei näherem Hinsehen ist es nur eine zusammengerollte Decke, mit einer weiteren bedeckt, wie es der Held macht in alten Agentenfilmen, wenn er weiß, dass er im Schlaf erschossen werden soll.

Der kleine Park an der Turmstraße ist neu gemacht, der Rasen und die Rabatten, der Spielplatz, die Bänke und die Sitzkiesel. Der ganze Platz ist ein Fremdkörper, kein Schmutz, der ihn dem umgebenden Moabit anverwandt machen würde. Die Politiker glauben, dass so ein Plätzchen Perspektive die Stadt verändern, einen Bezirk aus dem Dreck holen kann. Doch die Stadt holt sich zurück, was ihr gehört. Erst sind es nur ein paar Kronkorken, festgetreten im Tartanboden an den Trampolinen, Zigarettenkippen im Sand unter dem Klettergerüst, das ist die Saat für alles Weitere. Bald schieben sich erste Ranken über den Fremdkörper, eilige Tags am Klettergerüst und den Sitzkieseln, bald wuchern Graffiti. Triebe dringen in jede Ritze, sprengen die Planken von den Parkbänken, reißen die Papierkörbe aus der Verankerung. Abkürzungen graben sich diagonal durch den Rasen. Hundekot mischt sich in die Kiespfade. Irgendwann hat sich das erste Kind blutende Finger geholt an den Scherben und Spritzen im Sand, dann gehen die Eltern woanders hin. Die Hundebesitzer meiden den Ort, weil die Tiere in die großen Pfützen springen und den Schlamm nach Hause tragen. Die alten Menschen finden keinen Platz mehr, denn auf jeder Sitzgelegenheit liegt ein Schatten Urin. Wenn dann nur noch die Trinker kommen und danach die Flaschensammler, dann ist das ökologische Gleichgewicht wiederhergestellt, dann soll der nächste Politiker kommen und versuchen, etwas zu ändern.

Ich setze mich in den Fischladen und bestelle Hamsi. Im Fernsehen trotten Beşiktaşspieler in die Halbzeitpause, Erdoğan empfängt Abbas zum Staatsbesuch. Eine Indonesierin sitzt mit ihrem kleinen Sohn am zweiten Tisch, eingezwängt zwischen Eingangstür und Kühltheke. Hundert Fischaugen starren aus dem schottrigen Eis. Ihr Mann kommt rein mit zwei Bier vom Biomarkt nebenan. Sie haben gebratene Doraden bestellt und ein Makrelensandwich für den Sohn. Der alte Türke ist heute nicht da, seine Tochter macht den Laden. Ihr Mund lächelt nie, hat ein Piercing im Winkel, spuckt Worte, als schmeckten sie bitter. Wollmütze und Trainingsjacke schützen gegen die Kälte hinter der Theke und den Nebel von Frittierfett, der sich auf alles legt. Sie streift sich den Kettenhandschuh über und kratzt mit dem kurzen Messer die Gedärme aus den Doraden.

Ein junger Mann kommt rein, so deutsch, so nett, so weich, mit blasser Haut, die am ersten Frühlingstag gleich verbrennt. Auf seinen Dreitagebart hat er zwei Wochen gewartet. Manche Menschen kenne ich gleich wie mich selbst. Er weiß, dass er hier nicht zu Hause ist, dass er hier der Fremde ist, dass die Freundlichkeit, die er erfährt, bloß Gastfreundschaft ist. Die junge Türkin dreht sich um, ihre Augen eisig blau, sie fragt: »Was soll's sein?« »Ich würde von dem Lachsfilet nehmen«, sagt er mit belegter Stimme, räuspert sich. »Was?«, sagt sie, und er wiederholt seinen Satz. Seit er hier wohnt, schaut er sehnsüchtig den orientalischen Schönheiten nach, er kann nicht aufhören damit, auch nicht seitdem er, ganz plötzlich und endgültig, an eine Frau geriet, wie er sie aus der Schule kennt, aschblond und abendländisch.

Es gibt Dinge, die mache ich eigentlich nicht mehr, Döner essen, U1 fahren und nach Friedrichshain gehen. Aber Judith wohnt am Boxhagener Platz, im schlimmsten Friedrichshain, dort, wo die Menschen laut und glücklich sind, wo die Touristen dicht an dicht in Kunstlederkneipen sitzen, wo die Tattoos von alleine wachsen wie Hautausschlag im Hallenbad.

Es wird langsam dunkel, und dann wird es voll am

S-Bahnhof Warschauer Straße. Die Security-Männer der Deutschen Bahn lehnen an den Geländern der Brücken, die die Gleise miteinander verbinden. Sie lehnen da zu viert, schauen den jungen Frauen nach, besprechen sie, gelegentlich rufen sie ihnen etwas auf Arabisch hinterher. Vor der Currywurstbude und dem Passbildautomaten stehen die Berlinbesucher Schlange, weil sie vor der langen Nacht noch Grundlagen und ein paar Erinnerungen brauchen.

Auch ich habe Erinnerungen an diese Gegend, und wenn ich Friedrichshain fernbleibe, dann vor allem, um ihnen aus dem Weg zu gehen. Da war mal eine Frau, die hielt mich an, als wollte sie nach dem Weg fragen, aber sie fragte mich, was anzufangen sei mit den vierundzwanzig Stunden bis zu ihrer Abreise. Ich zeigte ihr die Stadt, und sie entdeckte sie für mich mit ihren unverbrauchten Augen. Am Morgen mussten wir zum Zug rennen, wir streckten uns wie Erdmännchen auf der Rolltreppe zum Gleis und sahen ihn noch stehen. Sie ließ mich in der Stadt zurück, und ich streifte herum, ruhelos. Gedanken zerrten mich in Hauseingänge, in die wir uns zum Küssen gedrückt hatten, ich schritt die Wege ab, auf denen wir uns verirrten. Sie saß im Zug, stand manchmal auf, um am Fenster eine starke Zigarette zu rauchen, und setzte sich wieder hin, wenn ihr schwindlig wurde. Die Stadt war noch lange von ihrer Liebe verseucht.

Sie war nur eine von vielen, die mit ihrem angestauten Freiheitsdrang kommen, jede Nacht bis zum Morgengrauen wollen, hinter jedem Zaun eine Möglichkeit sehen und in jedem Gedränge das Leben. Sie machen Urlaub in der Stadt, ohne Rücksicht darauf, dass dort Menschen leben, für die es ein Morgen gibt. Und dann fahren sie nach Hause, duschen einmal lange, schlafen aus und ordnen sich wieder in ihren Alltag ein, doch mein Gehirn bleibt noch tagelang verdreckt und zerbrechlich, wie ein wackliger Stapel Geschirr, der in trübem Spülwasser steht.

Im Burgerladen am Boxhagener Platz werden über einen Lautsprecher Nummern aufgerufen wie auf dem Arbeitsamt. Vor der Tür sitzen hungrige Leute und trinken ein Spätibier über die Wartezeit. Die Rasenfläche in der Mitte brodelt von Gesprächen. Ab und zu schäumt ein Zischen aus dem Stimmenmatsch, das spezielle Geräusch, wenn man eine Bierflasche mit dem Feuerzeug aufmacht. In einer Kneipe wird gerade die Musik aufgedreht. Der Abend ist warm vor Menschen.

»Komm hoch, ich lasse die Tür offen«, sagt Judith durch die Sprechanlage. Sie sitzt in der Küche, an einem Schallschutzfenster mit Blick auf den Partylärm. Sie hat sich einen Kamillentee aufgegossen, hält den Beutel an der Schnur und lässt ihn im Tee baumeln, als erwartete sie, dass heute noch was anbeißt. »Na, wie geht's?«, frage ich. Sie antwortet nicht. »Willst du einen Tee?«, fragt sie irgendwann. »Kaffee«, sage ich. Sie geht zum Herd und schraubt die Kanne auf. Sie will den Kaffeesatz in den Bioeimer klopfen, aber ihre Schläge sind zu schwach dafür, da kratzt sie ihn mit einem Löffel raus, ganz langsam, wie ein Archäologe, der ein Fossil freilegt. Sie lässt frisches Wasser in einem dünnen Faden in das Kannenunterteil laufen, und als sie den Herd anschaltet, dreht sie den Knopf Stufe für Stufe nach oben, sechs Mal klickt es im Sekundentakt, bis sie die Kanne auf die Platte stellt. »Es gibt heute eine Party auf dem Dach«, sagt sie mit Sehnsucht in der Stimme, als wäre das Dach nicht bloß zwei Treppen entfernt.

Ich lasse sie zuerst die Leiter nehmen, damit sie nicht hinter mir zurück in die Wohnung rennt. Dann steige ich auf die vierte Sprosse, stelle meine Kaffeetasse aufs Dach und klettere hinterher. Ich sehe, wie Judith kurz lächelt, als sie sich umsieht. Auf den sandigen Dachpappen sind Decken ausgebreitet, Kerzen brennen, Menschen hocken dort und drehen Zigaretten auf dem Schoß. Sie trinken warmes Bier. Sie reißen Fladenbrot ab und wischen damit durch die fast leeren Plastikschüsseln. Die Sonne geht unter, Wolkenstreifen fangen die Farben auf. Dachantennen stechen wie Grashalme in den Nachthimmel. Überall stehen Schornsteine als selbstverständliches Mobiliar einer Dachfläche. Ihre Backsteine strahlen die Sonnenwärme ab, die sie über den Tag gesammelt haben, ebenso die Wärme von Kindheitsfantasien, Mary Poppins und Karlsson vom Dach.

Sie betrachtet das alles lächelnd, doch dann blickt sie sich heftig um, geht in die Hocke macht sich kampfbereit. Ihr Blick sucht und findet einen nahen Schornstein. Sie drückt sich mit dem Rücken daran, sinkt langsam nach unten, sitzt nun da mit angezogenen Knien. Sie könnte das alles genießen, aber sie hat Angst, dass ihr Körper für Sekunden nicht mehr gehorcht und aufsteht, rennt und springt.

Ich setze mich neben sie, und sie legt ihren Kopf an meine Schulter. Im Sonnenuntergangslicht sieht man die dunklen Umrisse zweier Männer, die mit einem Fuß kühn voran an der Kante des Daches stehen wie der

Wanderer im Nebelmeer und hoffen, dass sich eine Frau, von der romantischen Grundstimmung empfänglich gemacht, in die Pose verliebt. Doch auch ohne Frauen gefallen sie sich darin, schweigend am Abgrund zu stehen, als wäre es etwas großartig anderes, als an der Bürgersteigkante zu warten, um sich vor einen Bus zu werfen.

Rot steht das Licht am Himmel, dann rosa, dann lila, dann blau. Die Stadt verfärbt sich wie ein Bluterguss. Und ich fühle mich plötzlich einsam, da ich nicht weiß, wen ich anrufen würde, um mir den Weltuntergang nicht allein anschauen zu müssen, wer bereit wäre zu kommen. Ich drehe meinen Kopf zu Judith, aber mit ihr möchte ich nicht sein beim Weltuntergang, auch wenn ich mich dunkel daran erinnern kann, dass ich früher den Weltuntergang dafür in Kauf genommen hätte, mit ihr zu sein. Es macht mich fast panisch, so verlassen fühle ich mich. Am Ende der Welt könnte man endlich einmal ehrlich zu sich sein, am nächsten Tag müsste man nicht mehr lügen, wenn jemand fragt: »Wie war's?«, aber mir fällt nichts Ehrliches ein, was ich nun tun könnte. Dann ist es dunkel und die Welt ist wieder nicht untergegangen.

Eine junge Frau schaut aus ihrer Hummusschüssel auf, in der sie eben noch mit einem Brot herumrieb, langsam, wie in einer Meditationsschale. Sie schaut mich an und lächelt plötzlich, dann steht sie auf und strebt auf mich zu. Ich stehe auch auf, weil ihre Zielstrebigkeit ein Ziel verlangt. Sie umarmt mich fest, als würden wir uns ewig kennen und hätten uns lange nicht gesehen. Der Duft hinter ihrem Ohr strahlt so hell, dass ich blinzle. Und sie kennt meinen Namen, deswegen frage ich nicht nach ihrem.

Einer von den Männern, die zuvor an der Dachkante standen, hockt sich neben Judith, die sich am Schornstein ganz zusammengekauert hat. Mit den Armen hält sie die Beine an sich gezogen, hat die Stirn auf den Knien abgelegt, ihre langen Locken bedecken die Schienbeine. Der Mann sieht aus wie frisch von der Bundeswehr, eine Mischung aus Bodybuilding und Biertrinken, irgendwie trägt er seine Muskeln wie ein Banklehrling seinen Anzug, sie passen ihm nicht recht, ständig zupft er an ihnen herum. Er redet mit Einfühlsamkeitsstimmchen auf Judith ein: »Na, Kleine, was ist denn los?« Er sagt wirklich »Kleine« zu ihr und setzt sich neben sie, dorthin, wo ich bis eben noch gesessen habe. Als er sieht, dass ich ihn beobachte, zwinkert er mir zu, so ein männliches Verbrüderungszwinkern, als wären wir uns gerade ohne Worte über unsere Territorien einig geworden. Und ich weiß genau, was passieren wird. Er wird sie betatschen, und sie wird nichts dagegen haben, doch auch ihren Kopf nicht heben. Und dann wird er das Knäuel Judith mit beiden Armen umschließen und sie wird weinen, weil sie sich geborgen fühlt, und so werden es die beiden eine Weile aushalten. Wenn sie dann doch ihren Kopf hebt, wird er sie küssen, und sie wird mit ihrer Zunge mechanisch in seinem Mund herumwühlen, wie ein Bagger, der eine Grube aushebt. Eigentlich könnte er sie sich dann über die Schulter werfen und nach Hause tragen. Kräftig genug wäre er.

Die Frau, die meinen Namen kennt, hält meine Unaufmerksamkeit für geniale Zerstreutheit. Es ist mir unangenehm, wenn sich eine Frau für mich interessiert, ohne dass ich etwas dafür leiste. Irgendwas muss ja dann falsch sein mit ihr, vielleicht erinnere ich sie an den Vater, den sie nie hatte, vielleicht bin ich auch das Chaos, das ihr in ihrer perfekten Beziehung fehlt. Das habe ich schon oft erlebt. Da hat eine Frau ihren Märchenprinzen gefunden, aber das Märchen vom Suchen und Finden ist vorbei und sie befinden sich in der Phase von glücklich und zufrieden bis ans Lebensende. Und mit der Zeit reift in ihr der Wunsch nach einem Mann, der alles ist, was ihr Märchenprinz nicht ist. Und weil der Märchenprinz eben perfekt ist, sehnt sie sich nach so einem Gescheiterten. Eigentlich hat sie verdammt noch mal glücklich zu sein, aber wenn ich einfach so in unser Gespräch hineinfragen würde: »Fehlt dir etwas im Leben?«, würde sie sofort anfangen zu weinen, um sich von mir trösten zu lassen. Ihn betrügen, das will sie keinesfalls, aber sich selbst betrügen will sie natürlich noch weniger.

Ich sehe, wie der Bundeswehrmann aufsteht und Judith seine Hand hinstreckt, um ihr aufzuhelfen. Judith schaut kurz und schuldig zu mir, ich schüttle ungläubig den Kopf. Dann brennt eine kurze Hitze über meine Haut. Meine Ungeduld packt sie am Oberarm und ihre Gleichgültigkeit lässt sich mitziehen. Wir sind so schnell die Leiter runter, als wäre es eine Wasserrutsche. Oben steht der Bundeswehrmann und guckt verdutzt. Und die Frau, die meinen Namen kennt, lächelt und leckt sich die Lippen und denkt sich: interessant.

Judith schließt die Tür auf, macht das Licht nicht an. Sie kennt den Weg und weiß, was zu tun ist. Sie rupft die Kleider von mir wie Verpackung von bestellter Ware. Ihre Hände fahren über meinen Körper wie Berufspendler, müde und routiniert. Dann zieht sie mich auf sich, und bald danach dreht sie sich weg, gierig nach Schlaf. Sie sagt: »Weißt du, dieses Medikament, man ist davon nicht ganz so traurig, aber man spürt auch sonst nichts mehr.« Und ich liege wach, meine Hand in ihren zarten Schraubstockhänden, und wünschte, ich könnte zumindest an manchen Tagen einfach einschlafen, nur weil es an der Zeit ist, weil der Tag zu Ende geht.

Ich wackle und ziehe meine Hand aus ihren Händen, wie eine Axt, die in einem Holzscheit feststeckt. Ich sammle meine Kleider ein und ziehe mich in der Küche an, damit ich ihr leises Schnarchen nicht störe. Als ich die Wohnungstür öffne, öffnet gegenüber ein Mann seine. Er trägt eine grüne Latzhose, seine Haare kleben fettig am Kopf und sein graues Shirt ist um die Achseln schwarz geschwitzt. Er hält einen vollen Blechmülleimer in der Hand, stellt ihn vor sich ab, schaut zu mir auf, versucht mich freundlich anzulächeln, aber es missrät ihm zu einer Fratze. Dann kickt er den Eimer. Er fliegt in hohem Bogen die Treppe hinunter zum nächsten Absatz, kracht dort gegen die Wand. Der Mann rennt hinunter, tritt noch einmal, setzt dem Eimer mit wütender Entschlossenheit nach, wie ein Fußballer bei unverdientem Rückstand. Der Eimer scheppert das Treppenhaus hinunter, speit Papier und leere Dosen. Als er im Erdgeschoss von der letzten Stufe rollt und an der Haustür liegenbleibt, komplett entleert, hebt der Mann ihn auf und hastet zurück nach oben. Ich drücke mich flach an die Wand, als er an mir vorbeistürmt, ohne mich zu beachten. Er schlägt seine Wohnungstür zu, dann ist es still im Treppenhaus.

Geht eine Kneipentür auf, strahlt die Wärme der Menschen heraus. Wenn eine Runde raus zum Rauchen geht, geben sie einander Feuer und Nähe. Ich gehe vorbei an den Kneipen und den Raucherrunden, lasse sie hinter mir, weil ich weiß, dass es falsch wäre, diesen Schmerz wieder zu betäuben, anstatt endlich aus ihm zu lernen.

Ich schaue zu Boden. Ich sehe, wie die immer gleichen Steine des Verbundpflasters ineinandergreifen, wie sich Kopfsteinpflastersteine zusammenfügen, obwohl sie verschieden voneinander sind. Ich betrachte den Bürgersteig mit Neid, auf dem ich nun nach Hause gehe. Für jeden Stein gibt es dort einen Ort und ein Gefüge, passende Partner, Nähe und Halt. Ich schaue auf und sehe Menschen, sie haben heute Abend andere Menschen kennengelernt, nun gehen sie alleine nach Hause. Sie starren auf ihr Smartphone oder haben sich mit dicken Kopfhörern der Welt gegenüber abgedichtet. Doch es gibt manche, die schauen auf den Boden wie ich, und ich glaube, dass sie meinen Neid auf die Steine teilen. Und irgendwann, recht verlässlich auf den Wegen durch Berlin, passieren wir ein Schild mit der Aufschrift »Gehwegschäden«. Dort besteht der Bürgersteig aus großen Granitplatten, sie werden von Unterspülung abgesenkt, von Baumwurzeln gehoben, brechen aus der Ordnung aus, sind Stolperfallen, Gehwegschäden eben. Doch wenn es im Sommer kurz regnet, wenn die schwüle Spannung aus der Luft gewaschen ist, dann funkeln die nassen Platten im Sonnenlicht. Sie beruhigen mich und die anderen, die zu Boden schauen. Sie trösten uns, wir sind nicht allein, verkantet und gefährlich für die Unvorsichtigen und in großen Momenten glänzend, brillant.

Irgendwann mal waren wir stolze Gehwegschäden. Wir haben uns über die Ordnung erhoben, wir schauten nach vorne, unsere Augen waren offen, doch sie ließen nichts hinein. Wir rüsteten uns mit Kühle gegen Enttäuschung, ließen niemanden heran und trugen eng am Körper, was uns wertvoll war. Wir behüteten unser Alleinsein und nannten es Freiheit, zu viel Freundschaft ängstigte uns wie feindlicher Landgewinn. Doch manchmal brauchten wir die Nähe, dann brach es aus uns heraus, und die Menschen, die wir dann so dringend brauchten, zitterten vor unserem Appetit.

Diese Einsamkeit ist eine Seuche der Seele, sie verbreitet sich schnell in dicht besiedelten Städten und bringt jeden auf die Isolierstation. Ich weiß nicht, ob die anderen tatsächlich genauso empfinden, aber ich bin mit meinen Gedanken auf dem Heimweg nicht gerne allein. Wir schauen neidisch auf den Gehweg, auch wenn wir natürlich wissen, dass Menschen nicht wie Pflastersteine leben sollen. Es ist ein Anfang, dass wir nun versuchen, nach Hause zu gehen.

Berlin ist am schönsten am frühen Morgen, wenn die Letzten im Bett sind und die Ersten noch nicht aufgestanden. Die Stadt wird erst unbelebt lebendig, Menschen tun ihr nicht gut. Wenn der Alexanderplatz so hohl und weit ist, dass ich in seiner Mitte fast ertrinke, wenn früh am Morgen nur leere Flaschen und Fastfoodverpackungen an die Menschen erinnern und die Wolken, grau und rissig wie eine Altbaudecke, so niedrig über dem Platz hängen, dass der Fernsehturm schon an der Kugel endet, dann kann ich mich in dieser Leere wiederfinden. Nur die Ruhe ist mir fremd.

Vom Alex ist es nicht weit in den Prenzlauer Berg. Das Café ist voll. Jeder sitzt an seinem Tisch allein, hält sich an seinen Kaffee, so früh wagt niemand zu frühstücken. Alle, die hier sitzen, haben die gleiche Nacht hinter sich. Man drückt sich vor dem Weg nach Hause. Jeder stimmt ein in das Schweigen. Alles Schauen ist längst zu Starren geronnen. Der Raum ist durchzogen von schnurgeraden Blicken, wie ein Mikadospiel, aus dem kein Stäbchen mehr zu ziehen ist. Die Zigaretten brennen noch den Hals hinunter. Der Schmerz sitzt mit einem Hammer hinter der Stirn.

Die Bedienung nimmt ein Weißbierglas von der Spüle, stülpt es über die Bürste, die im Spülbecken steht, umfasst es mit der Hand, schrubbt es auf und ab, erst langsam, dann schneller, bis sich oben am Boden des Glases weißer Schaum gebildet hat. Dann taucht sie das Glas ins Becken mit dem kalten Wasser.

Zu Hause erinnert mich alles an mich selbst, jede Wand reflektiert meine Blicke. Deshalb gehe ich raus, spazieren. Ich schaue mich um nach allem, weil ich nichts Bestimmtes suche. Ich fühle mich zur Langsamkeit gedrängt wie andere zur Eile. Man muss seine Zeit verschwenden, um zu lernen, was sie wert ist.

Wenn man eine Blechdose immer wieder ziellos kickt und dann dem Scheppern folgt und wieder kickt und wieder folgt, kann man einen ganzen Tag damit füllen, sich laut zu verlaufen. Die Dose zurichten, um sich daran aufzurichten, ein plausibles Entdellungsverfahren für die verbeulte Seele.

Irgendwann, der Boden vor meinen Füßen kommt mir vertraut vor, schaue ich auf. In der Müllerstraße kostet ein Döner zwei fünfzig, neue Schuhe kosten das Doppelte. Kleidergeschäfte riechen wie Chemielabors. Alle hundert Meter gibt es hinter verklebten Schaufenstern ein Automatenkasino, dort verspielen junge Männer das Tageslicht. C&A hat aufgegeben. Das Emblem war schneller abmontiert, als eine Schaufensterpuppe die Kleider wechselt. Sie wollten keine Spuren hinterlassen.

Der Unternehmergeist ist allgegenwärtig, aber die Straße hinunter wiederholen sich die immer gleichen Geschäftsideen. Macht ein neuer Backshop auf, ist der schon Inspiration genug für den nächsten Backshopgründer. Im Dönerladen sagt der Fleischabschneider zum Fladenfüller: »Ich will das hier nicht ewig machen. Ich mache meine eigene Bude auf.«

Ein Mädchen hebt sich vom Beifahrersitz eines

Sportwagens und tritt auf den Bürgersteig, sie greift nach dem hinteren Hosenbund, zieht ihn zwei Kleidergrößen nach oben. Der Fahrer streichelt den Wagen und seine Freundin mit ähnlichem Stolz. Er redet von großen Plänen, mit lauter Stimme, dass es jeder hört. Er stottert ab, hinter ihrem Rücken.

Yussuf, der Gemüsechef des türkischen Supermarkts, über dem ich wohne, drückt mir Obst in die Hand, erklärt mir, wie man Granatäpfel schält oder wie die Frauen denken. Letztes Jahr zu Weihnachten habe ich ihm frisch gebackene Makronen runtergebracht. Er hat sich gefreut, aber er kann nicht akzeptieren, dass ich koche, weil man das als Mann nicht macht. Wer denn für ihn koche, fragte ich, schließlich sei seine Mutter in der Türkei. »Hier ist mein Vater meine Mutter«, sagte er auf eine Art, die keinen Zweifel erlaubt. Er nennt mich »Meister« und betrachtet mich manchmal mit einer Mischung aus Neid und Bewunderung, denn er hält alle Freundinnen, die mich besuchen, für meine Geliebten. Eine andere Beziehung zwischen Mann und Frau ist für ihn nicht denkbar, und er hat natürlich recht damit, wie immer. Ich kenne niemanden, dessen Weltbild so gut funktioniert.

Seit die Haustür nicht mehr schließt, raucht die gesamte Berliner Jugend ihr Dope in meinem Treppenhaus. Sie machen Platz und grüßen höflich, wenn ich meine Einkäufe hochtrage, aber trotzdem kommt es mir falsch vor, dass sie dort sitzen. Heute steht da nur eine leere Wasserflasche auf der fünften Stufe, daneben liegt ein leergedrückter Blister Hustenhemmer.

Es gab die großen Zeiten für Athen und Rom, für Paris und Wien. Wenn man dort dabei war, hat man Weltgeschichte mitgelebt. Heute müsste ich nach Singapur oder Peking, um später sagen zu können, ich sei dabei gewesen. Aber was soll ich einer Zukunft beim Entstehen zuschauen, die mich am Ende doch nichts angeht. Lieber schaue ich mir den Untergang Europas an, der betrifft mich, und die besten Plätze sind billig. Ich muss hier sein und nirgends sonst. Nur im Wedding ist Wahrheit zu finden.

Eine junge Frau im Laufstegschritt trägt ein Oberteil in Schwarz, Kopftuch und Rock in Pink, eine Modeskizze mit Edding und Textmarker. Eltern schieben Kinder in Buggys herum, die kleinen Schuhe schleifen über den Boden, weil die Beine schon längst über die Fußrasten hinausgewachsen sind.

Vor dem Café sitzt meist der alte Müllmann neben

mir. Wir lachen. Der alte Müllmann ist kein Mensch von der Sozialarbeitergattung. Er kann Gejammer nicht ertragen, er erwartet, dass man Unrat anpackt und wegräumt. Wenn ein Araber verzweifelt vom Amt kommt, klopft er ihm auf die Schulter und macht ihm Mut für den nächsten Versuch. Er lacht immer, darin ist er unerbittlich, und er ist überzeugt: Irgendwann renkt sich alles ein. Mit mir versteht er sich, aber den anderen war er schon immer verdächtig, weil er glücklich ist.

Manchmal sitzt auch Mehmet zu meiner Rechten, erzählt mir von Politik, dass Frau Ferkel schuld ist, die Juden oder die Araber. Er denkt die Türkei noch in den Grenzen des Osmanischen Reiches, auch Bulgaren und Bosnier nennt er Türken, und wenn ich ihm nicht widerspreche, bezahlt er meinen Kaffee. Wenn ich weggehe am Abend, warnt er mich vor zu viel Bier, gesteht mir zwei zu, vielleicht drei, er weiß, wovon er redet, oft erzählt er von der Kneipe, die er besaß, die ihn seine Gesundheit kostete. Doch heute sitzt dort Hanna und lächelt mir wohl schon eine ganze Weile entgegen, ohne dass ich es bemerkt habe.

Ich gehe an die Theke, bestelle doppelten Espresso und Hanna einen Milchkaffee. Ich klopfe Dostojewski auf die Schulter, er trinkt Filterkaffee aus dem Pappbecher und hat sich in den Blick nach draußen vertieft. Dostojewski kriegt Hartz IV, promoviert in Germanistik und macht was mit Theater. Gerade spritzen sie mit Körperflüssigkeiten, tagelang, sagt er. Er spuckt beim Reden, weil er von seiner Sache begeistert ist. Seine Handflächen sind dunkelrot, am Vorabend hat er Rote-Bete-Saft vom Bühnenboden geschrubbt.

Ich setze mich neben Hanna. Ein Spatz landet auf unserem Tischchen, er springt auf den Rand der Zuckerschale, dreht seinen Kopf zu Hanna, dann dreht er ihn zu mir, und dann pickt er hastig einmal nach dem Zucker. Er schaut wieder zu mir und wieder zu Hanna, und er lächelt verschämt mit dem weißen Pulver, das jetzt an seinem Schnabel klebt.

Die Spatzen sind süß, man lässt sie über seinen Tisch hüpfen und die Reste vom Teller picken. Die Krähen sind clever, sie klauen das Brötchen vom Balkontisch, wenn ich aus der Küche den Kaffee hole, beim Türken bedienen sie sich an den Obstauslagen, wenn Yussuf gerade Gurken abwiegt. In der Stadt muss man so gerissen sein, dass man alles unter Kontrolle hat, oder süß sein und es einzusetzen wissen. Tauben gibt's hier nicht, die sind naiv, für die ist hier kein Platz.

»Was denkst du?«, fragt Hanna.

»Wenn du ein Vogel wärst, wärst du dann eher eine Krähe, eine Taube oder ein Spatz?«

»Hm, Taube, würde ich sagen. Wieso?«

»Nur so.«

Ein junger Mann von den rumänischen Bettelbanden, die sich einen langen Arbeitstag über missgebildet und gekrümmt die Straßen entlangschleppen, kommt an die Caféstühle. Es weiß ja jeder, dass es nur gespielt ist, weil ihn sein Zuhälter dazu zwingt. Die lauten Araber, die hier immer sitzen, mit Filterkaffee im Pappbecher, winken ihn weg, weisen mit dem Daumen über die Schulter auf das Sozialamt.

»Gehen wir was essen?«, fragt Hanna.

»Nein, ich muss los.«

Und natürlich muss ich nicht los, muss nirgends hin, muss überhaupt gar nichts, aber jetzt mit ihr essen zu gehen, hieße aufzufliegen. Ich habe gerade genug Gedanken, um im Gespräch für circa zehn Minuten klug zu wirken, danach rede ich nur noch dummes Zeug, weil ich zu nervös bin, um einfach abgeklärt zu schweigen. Und sie merkt das sofort, sie ist so eine, die liest Bücher und hat über alles schon mal nachgedacht. Einmal habe ich den Fehler gemacht, ihr gegenüber ein Buch zu erwähnen, dass ich gerade zu lesen versuchte.

Und sie hat mir gesagt, dass sie dieses Buch vor zehn Jahren gelesen habe. Und sie meinte das nicht so, aber natürlich hieß es, dass sie zehn Jahre Vorsprung hat, dabei ist sie genauso alt wie ich. Vielleicht ist das bedeutungslos, zehn Jahre Vorsprung zu haben, bei einem Rennen, das gar nicht mehr stattfindet, Klugheit bringt ja nichts, aber mich beeindruckt das und ich muss dann erkennen, wie weit ich zurückliege.

»Hey, warte doch«, ruft sie und läuft mir nach. Ich bin so ungehörig plötzlich aufgestanden. Und sie fragt: »Aber du kommst doch zur Party heute Abend?« Und ich sage ihr zu, gegen meinen Willen. Dann lächelt sie, und ich steige die Stufen zum U-Bahnhof runter. Eigentlich hätte ich gerne mit ihr über Judith geredet, aber ich habe schon genug Freunde verloren, weil sie mich einfach nicht verstanden haben. Und deswegen vermeide ich den Versuch, mich mitzuteilen, gerade bei denen, die ich gerne mag, die ich nicht verlieren will.

In der U-Bahn sitzt mir morgens immer ein Biertrinker gegenüber, und ich kann sie nicht mehr sehen, den schalen Atem nicht mehr riechen. Vielleicht warnen sie mich zu deutlich, packen mich zu fest an den Schultern und rufen: »Halt!« Die Stadt ist ein schmaler Grat.

Dieser erkennt meinen abschätzigen Blick und will ihn nicht akzeptieren. Er habe die ganze Nacht bei Zalando Schuhe gepackt, jeden Tag fahre er dorthin und wisse vorher nicht, ob es zwei Stunden Arbeit gibt oder zwölf. Er sei alleinerziehender Vater, aber vom Staat nehme er nichts. Ich nicke respektvoll. Ein Bettler steigt ein und sagt seine Sätze auf. Er ist jung und großgewachsen, sieht nicht nach Drogen aus oder Alkohol, nicht einmal psychotisch. Und der Mann mit dem Bier brüllt ihn an: »Verdammt, du bist jung und gesund, geh nach Hause und such dir eine verdammte Arbeit! Mach was aus deinem Leben! Verschwinde! Verschwinde!«

Im Bahnhof Friedrichstraße gibt es noch echte Werbung, wie auch am Alexanderplatz und an wenigen anderen zentralen Punkten. Da werben dann Apple, Microsoft, Converse, Nike, also tatsächliche Firmen. Seit ich in Berlin lebe, vermisse ich sie irgendwie, diese gute alte nervige Reklame für Produkte, die man kaufen soll. Stattdessen werde ich auf einem Plakat vor Aids gewarnt, auf dem nächsten vor der Diskriminierung HIV-Positiver. Analphabeten werden vom Bundesbildungsministerium schriftlich zum Lesenlernen aufgefordert. Niemand soll aufgrund seines Migrationshintergrunds diskriminiert werden, lehrt ein Plakat, doch die Kampagne gegen die Diskriminierung Homosexueller gibt es nur auf Türkisch und Arabisch. Eine Reihe von Plakaten zeigt alte Karteikartenschränke, deren Schubladen mit Minderheiten beschriftet sind. Ich solle niemanden in Schubladen stecken, lautet die Botschaft. Ich habe ein paar neurotische Freunde, die können keinen Gedanken tun, ohne sich selbst in Frage zu stellen. Deren Eltern haben sich einfach zu viel Mühe gegeben, die haben ihre Kinder erzogen, bis es ziepte. Und zwischen diesen Plakaten fühle ich mich ähnlich, wie die sich wohl als Kinder gefühlt haben.

Mitte ist voll mit Radfahrern, die belästigen mich mit ihrem besserwisserischen Klingeln, wenn man ihnen auf den Radweg latscht, mit diesem hochgezüchteten Individualismus, der daher kommt, dass sie überall langfahren können und überall einen Parkplatz finden. Ich mag das ganze Konzept des Fahrrads nicht, dass man ständig vorankommen muss, um nicht umzufallen. Und dann ist es gleichzeitig sportlich, praktisch, ökologisch, meditativ und auch noch cool, so eindeutig gut, dass es mir Angst macht. Die Radfahrer verpesten die Umwelt mit ihrer Vorbildlichkeit.

Es gibt Menschen, die verstehen mich besser als ich mich selbst, und das ist eigentlich noch schlimmer, als nicht verstanden zu werden. So ein funktionierendes Gespräch lässt mich immer wertlos zurück. Unverstanden fühle ich mich besonders, aber verstanden ist meine Verzweiflung Massenware, wie sie in jedem Kneipengespräch verramscht wird. Und das nehme ich dann dem anderen übel. Alex ist nur deshalb noch mein Freund, weil ich mich bisher aus allen Unterhaltungen mit ihm herausgehalten habe.

Durch das Schaufenster sehe ich, wie er mit einer dunkelhaarigen Frau mit großer Brille am Tisch sitzt. Er redet auf sie ein, und sie hat eine Kamera in der Hand, schraubt ein Objektiv ab, schraubt ein anderes drauf und immer so weiter. Alex bemerkt nicht, wie ich reinkomme. Das ist ja das Wichtigste, wenn man in einer Galerie arbeitet, dass man nicht aufschaut, wenn jemand reinkommt. Und selbst wenn in den letzten Tagen nicht ein einziger Besucher die Galerie betreten hat, man sich schrecklich freut und neugierig ist, darf man sich nichts anmerken lassen, denn in einer Galerie hängt alles Wertvolle an der Wand. Man darf die Kunst nicht entweihen, indem man sich den Betrachtern widmet.

Ich schreite die Fotoausstellung ab, dabei mag ich lieber Ölgemälde, die haben einen Geruch. Die Ausstellung heißt »Finding My Roots« und zeigt die ranzigen, reklameverklebten Seiten von Polen, vom Kapitalismus überrollte Sozästhetik, was einem eben exotisch erscheint, wenn man aus einem westlicheren Land Richtung Osten fährt. Verfall und Rückständigkeit sind irgendwie spannend, wenn sie einen selbst nicht betreffen. In Berlin werden auch nur überwucherte Schutthaufen, Hinterhofgraffiti und der Sperrmüll auf der Straße fotografiert.

Ich setze mich zu den beiden an den Tisch, Alex schaut mich an, lächelt und schüttelt den Kopf. »Das ist Esra«, sagt Alex, und ich reiche ihr die Hand, »ich habe sie in Tel Aviv kennengelernt, eine wunderbare Künstlerin, du hast dir gerade ihre Fotografien angeguckt.« Alex steht auf, zieht sein Tweedsakko von der Stuhllehne und streift es sich über: »Entschuldige, aber wir wollten gerade gehen.«

»Lass mal, Alex, ich gehe nach Hause, wir sehen uns doch heute Abend bei Amid«, sagt Esra. Sie gibt mir noch einmal die Hand und dann umarmt sie Alex. Sie öffnet die schwere Galerietür, und als sie draußen am Schaufenster vorbeigeht, schaut sie noch einmal flüchtig rein, und Alex winkt ihr. Er starrt noch eine ganze Weile raus, dann dreht er sich zu mir: »Willst du dann mitkommen? Irgendwas ganz Exklusives an der Akademie der Künste.« Ich zucke mit den Schultern. Dann hält er mir die schwere Tür auf und schließt die Galerie von außen ab.

Alex ist irgendwie auch Journalist, verdient damit kaum was, wird aber zu Veranstaltungen mit bekannten Menschen und guten Buffets eingeladen und darf sich dort wichtig fühlen und satt essen. Er hat mich schon öfter mitgenommen. Einmal waren wir auf einer Party Unter den Linden, die das Lobbybüro von Google veranstaltet hat. Es gab professionelle Türsteher und professionelle Barmixer und professionelle DJs und lauter andere erfolgreiche Menschen, die mein Dasein in Frage stellten. Ich habe mich mit den jungen Frauen unterhalten, die für Google arbeiteten. Die sahen alle gleich aus und waren total dankbar, dass Google sie als Individuen fördere. »Total dankbar!«, sagten sie und lächelten mich an, als wäre ich eine Fernsehkamera. Dann wollten wir uns was zu essen holen, aber es gab nur Currywurst mit Trüffelscheibchen obendrauf, und bei so einem Kompromiss aus Anbiedern und Abgrenzen ist mir der Appetit vergangen. Ich fragte Alex, ob wir noch woanders hingehen, aber der trank Cocktails mit dem Reporter vom *Spiegel* und irgendeiner hübschen Bloggerin und sagte: »Ich muss noch recherchieren.«

Eine Enddreißigerin mit Manufakturfahrrad und Seidenjumpsuit hält an und fragt uns nach dem Weg zum Grill Royal. Unter ihrem Schlüsselbein zeichnen sich Rippen ab, die Haut ist von der Sonne dunkel und glänzt ein wenig vom sanften Schweiß des Fahrradfahrens. Alex macht ihr Komplimente über ihr Fahrrad, ihre Kleidung, ihren Körper. »Sie führen ein geschmackvolles, diszipliniertes Leben«, resümiert er und sie wird rot, sagt »Nein, nein, nein«, und: »Wo geht's denn nun lang?« Und Alex zeigt ihr den Weg, immer geradeaus.

Alex hat die Hände tief in die Hosentaschen geschoben, schaut vor sich auf den Boden, während er geht, und dann fängt er ruhig an zu sprechen: »Weißt du, das ist doch der Grund, warum wir uns hier einfach nicht zu Hause fühlen können. Wir sind natürlich Deutsche, im Guten wie im Schlechten, aber uns fehlt das Land, in dem wir zu Hause sind. Wir reden ständig über unsere Schuld an den ermordeten Juden, aber wir reden nie darüber, wie sehr uns die lebendigen Juden fehlen. Die Schuld kapiert jeder, den Verlust kapiert niemand. Ich glaube, weil die nicht mehr dabei sind, ist hier alles so dumpf und hilflos und langweilig. Und weißt du, diese Nostalgie, die ich empfinde, nach den Zwanzigern hier oder der Jahrhundertwende in Wien, das ist eigentlich Heimweh nach einer Gesellschaft mit denen, aber diese Heimat haben wir eben zerstört.«

Ich nicke, doch sage nichts weiter dazu. Alex sagt oft kluge Dinge, nichts, was aus der Maschine kommt oder aus dem mechanischen Widerstand gegen sie, sondern tatsächlich aus ihm, aber wenn man dann zu begeistert zustimmt, wird er übermütig und verfällt in diese gebildeten Pöbeleien, sieht überall Nazis und Niedergang.

Die Akademie der Künste ist ein Glaskasten am Pariser Platz. Die Pförtnerin öffnet uns mit einer Chipkarte den Aufzug. Im ersten Stock steigen wir aus und schauen durch eine Glaswand in den Konferenzraum, in dem viele ältere Menschen um einen runden Tisch sitzen. Ein weißhaariger Mann hat gerade sein Mikrofon eingeschaltet und sagt, dass Intellektuelle wie die hier Anwesenden dringend gebraucht würden. Es wäre zwar an der Zeit, den Jungen die intellektuelle Verantwortung für das Land zu übergeben, aber es stünde nun mal kein Nachwuchs bereit.

Alex beugt sich zu mir herüber und erklärt mir die Runde: »Der da, der Chef, das ist so ein abgerissener Plakatkünstler. Die daneben ist die gesetzlich vorgeschriebene Zählkandidatin bei der Bundespräsidentenwahl. Und der gerade spricht, ist ein emeritierter Professor für Geschwätz aus Hannover«, Alex kennt alle, die hier sitzen, und ich kenne keinen einzigen. Er sieht mir meine Verwirrung an und erklärt: »Schau, das sind alles irgendwelche Staatsdiener, die von den Steuern leben, die du vielleicht irgendwann mal zahlen wirst. Seit bald fünfzig Jahren leben die vom System, aber arbeiten eigentlich an der Revolution, und genauso lange wissen die schon alles besser.«

»Du meinst, das sind alles Achtundsechziger?«

Alex nickt bedächtig. Und ich erinnere mich, dass er diese Achtundsechziger noch nie leiden konnte. Die sind nämlich schuld daran, dass er während der Schulzeit mit jeder Rebellion bloß offene Türen eingerannt hat. Bei jedem anarchistischen oder kommunistischen Spruch haben die Lehrer nur wohlwollend genickt. Man musste schon Nazi sein oder leistungsabhängige Bezahlung im Schuldienst fordern, damit man sie provozieren konnte. Und er hat auch mal gesagt, dass diese Generation, mit all dem Spaß, den sie damals hatten, uns das gute Leben heute weggenommen hat, gerade hier in Berlin. Vermutlich ist er einfach neidisch auf sie.

Alex dreht sich noch mal um und sagt mehr zu sich als zu mir: »Man muss sich nicht aufregen, es ist alles nur logisch, das Sein bestimmt das Bewusstsein, sie haben das Geschichtskapital und wir sind die Proletarier in ihren Gedankenfabriken. Das ist alles.«

Alex gibt mir die Hand, dann geht er in den Saal. Er setzt sich ohne Zögern an den runden Tisch, als könnte ihm nichts etwas anhaben. Er wirft seinen Notizblock mit souveräner Nachlässigkeit auf den Tisch. Er schlägt die Beine so übereinander, dass die Hosenbeine seiner Cordhose hochrutschen und die roten Socken zum Vorschein kommen. Niveauvolle Kleidung und eine Meinung, derer man sich sicher ist, das ist die Oberfläche eines gelingenden Lebens. Ich würde auch gerne so eine Selbstverständlichkeit entwickeln. Eigentlich sieht nur meine Langeweile aus, als wäre sie unbeirrbar. Ich drehe um und lasse Alex seine Arbeit machen.

Die Angst vor dem Scheitern hat mich jahrelang gequält. Das Scheitern selbst schmerzte nur kurz. Gescheitert sein, das ist bloß Gewöhnungssache, eine gerade, ereignislose Linie, die ein paar Zentimeter unter dem

Glück der anderen verläuft. Sie können nichts dafür, deshalb lasse ich mir nichts anmerken. Mein Lächeln springt an bei Bedarf, von einem Bewegungsmelder angeknipst wie das Licht in einer Kneipentoilette. Doch jedes Mal, wenn der Erfolg eines anderen an die Narbe meines Scheiterns rührt, flammt der spitze Schmerz noch einmal auf.

Ich gehe durch das Brandenburger Tor und dann links um die amerikanische Botschaft herum. In einer Seitenstraße sehe ich eine Touristentraube stehen, zwischen dem Parkplatz hinter einem Supermarktkabuff und dem Spielplatz vor einem Mietshochhaus. Ich stelle mich dazu. Da unter der Erde befinde sich Hitlers Bunker, sagt der Fremdenführer gerade. Davon sieht man nichts, aber die Touristen schauen sich nun nach allen Seiten um. Ihre Blicke enden bei dem Kind auf der Schaukel, das unter den Blicken sofort aufspringt und zu seiner Mutter rennt, die auf einer Bank sitzt und raucht. Die Touristen reiben die Sohlen ihrer Schuhe am Boden, so wie man eine Zigarette austritt, sie stampfen auf, wollen die Festigkeit des Bodens prüfen, sicher sein, dass sich nicht plötzlich ein Riss zur Hölle auftut.

Ich weiß gar nicht, woran ich gescheitert bin, nicht einmal worin. Aber ich merke, dass irgendwas falsch ist mit mir. Wenn ich mich auch nur für einen Moment für eine Idee begeistere, kommt mir das wie eine Schwäche vor. Auch habe ich lange keinem Gedanken mehr so weit über den Weg getraut, ihn auszusprechen. Ich weiß nicht, wie mir das passiert ist. Wahrscheinlich bin ich einfach mitgegangen, als die anderen alle Regeln hinter sich ließen, die sie einschränkten, aber bin dann stehengeblieben, als sie sich neue suchten. Die anderen haben es viel besser geschafft, die Erfordernisse des Menschseins, wenn auch ganz anders, so doch genauso zu erfüllen. Sie haben ihre Nahrungsmitteltabus und ihre Sonntagsrituale, ihre Globalmoral und ihre Pilgerreisen, sie leben Spiritualität auf Popkonzerten und haben einen Hund für die Treue. Sie haben neue Regeln in sich aufgesaugt und ich bin in der Regellosigkeit vertrocknet. Ich dachte, es wäre etwas ganz anderes möglich, ein Fundament, in tieferen Sinn gegossen, aber die Bedürfnisse des Menschen sind ein stammesgeschichtlich betonierter Setzkasten, der gefüllt sein will. Und womit schon, mit nichts Wahrem, nur Willkür. Das Wesen des Menschen ist langweilig.

Im Einstein sitzen Touristen, die ihre Rollkoffer vom Hauptbahnhof hierhergezogen haben und nun damit die Wege der Kellner verstellen. Sie schauen verschämt aus ihren Reiseführern auf, beäugen die Touristen an den anderen Tischen, ob nicht einer von ihnen ein berühmter Schauspieler oder Schriftsteller ist, denn im Reiseführer steht, die säßen hier. Die Touristen schauen mich an und tuscheln, ich habe keinen Koffer und keinen Reiseführer. Hier bekommt man Anerkennung für das Berlinersein, egal wie tief man gesunken ist, man muss sich nur den Kaffee leisten können.

Früher hat mich der Geruch der U-Bahnhöfe betäubt wie Weihrauch. Im Untergrund wohnte mir der Heilige Geist der großen Stadt. Es ist eine Mischung aus dem Qualm hastig gerauchter Zigaretten, dem Abrieb der Bremsen der Bahnen, dem Butterduft der Bäckerläden, dem Schweiß aus den überfüllten Waggons der Stoßzeiten, gesammelter Körpergeruch aus hundert Jahren. Draußen hätte Sonnenlicht die Geruchsmoleküle sofort aufgespalten, Wind hätte sie fortgetragen, aber im Keller der Stadt lagern sie geschützt. Die Züge kramen alte Gerüche aus den Tunneln hervor, aus vergangenen Reichen und Republiken, schieben sie vor sich her, und wenn der Zug in den Bahnhof einfährt, erfrischt mich der Luftzug nicht, sondern bringt Schwere, die sich bedeutsam anfühlt.

In der U-Bahn steigt eine junge Frau auf die Sitzbank und versucht, mit der Hand die Überwachungskamera zu erreichen. Sie schaut sich nach allen Seiten um wie ein verschrecktes Tier. Sie ist nicht groß, und so muss sie sich mit der einen Hand an einer Stange festhalten und sich weit in den Gang lehnen, um mit der anderen Hand die Kamera zu erreichen. Sie holt ein benutztes Taschentuch aus ihrer Jacke und drückt es auf die Kameralinse. Dann scheint sie erleichtert. Aber sie steht noch immer dort auf der Sitzbank, als ich schon im Wedding aussteige.

Ich sehe die Treppe hinauf und blinzle ins Tageslicht. Von der Frau, die mir entgegenkommt, sehe ich nur die Silhouette, und als sie näher kommt, ihr Lächeln, und damit meint sie mich. Sie geht vorbei und ich drehe mich nach ihr um. Auch sie hat sich umgedreht, schneller noch als ich. Und wir lächeln beide, doch wir bleiben nicht stehen. Oben am Licht gehe ich große Schritte. Drei U-Bahn-Fahrer stehen da und rauchen zur Pause, im Schatten eines Lieferwagens schützen sie sich vor dem Sonnenlicht. Wenn ich mal eine Frau anlächle, dann immer zufällig. Wenn ich gewollt lächle, entsteht bloß eine Grimasse, genauso gut könnte ich mir die Zeigefinger in den Mund stecken und die

Winkel in die Breite ziehen. Ich kann nicht anders, als mich noch mal umzudrehen. Sie ist die Treppe wieder hinaufgestiegen und schaut mir von der letzten Stufe nach. Ich weiß, jetzt muss ich zu ihr hin. Ich sage, wer ich bin, frage, wer sie ist, sammle die üblichen Informationen gleichgültig wie bei einem Verwaltungsakt, erhalte schließlich die Nummer und murmle: »Bis bald.« Sie geht zur U-Bahn und ich weiter nach Hause, ich fühle mich sofort schlecht, denn anrufen will ich sie nicht. Ich habe schon vorher gewusst, dass es sich falsch anfühlen würde, doch ich weiß, dass es sich noch als richtig erweisen wird. Irgendwann werde ich sie wiedersehen, dann, wenn wir es am wenigsten erwarten. Sie wird einen jungen Mann an der Hand halten, nur diesen einen, eine Weile schon. Und ich werde ihr jeden einzelnen Kompromiss ansehen, den sie für ihn eingegangen ist. Und sie dafür bewundern.

Der Leopoldplatz ist grau und leer. Früher haben sich hier auf den Bänken die Trinker getroffen, hinter der Kirche die Junkies. Neben der Kirche ist der Kindergarten. Erst fand man dort Heroinkügelchen im Sand, später auch Spritzen, und die Kirche stellte einen Wachmann an. Für die Trinker richtete man einen Trinkraum ein, dort können sie im Warmen kostenlos Bier trinken unter der Bedingung, dass sie keinen Schnaps mitbringen. Sie kamen zum Bier, dann tranken sie draußen den Schnaps weiter. Da hat man die Bänke abgeschraubt.

Vor dem Gebäude der Stadtverwaltung gähnt ein weiterer Platz. Ein paar grüne Ecken gibt es, dort rennen die Hunde zum Kacken hin. Am Bauzaun, der die Fläche zur einen Seite begrenzt, hängen Klamotten auf Bügeln, auf dem Boden davor sind Lacktischdecken ausgebreitet, mit Schuhen darauf, Plastikspielzeug und Kuscheltieren. Dicke alte Frauen spielen mit Münzen zwischen den Fingern, während sie auf Kundschaft warten. Auf den Bänken langweilen sich Menschen mit Wartenummern in der Hand. Zwei ältere Damen sprechen Polnisch miteinander und bieten den Wachturm an, in sechs verschiedenen Sprachen. Nur ein paar Meter entfernt steht ein junger Mann mit einem großen Pappschild um den Hals, auf dem »Religionskritik« steht, ein bisschen so wie bei diesen britischen Berlinbesucherinnen, die mit »Free Hugs«-Schildern durch Kreuzberg laufen. Er spricht niemanden an, schaut den Passanten nur tief in die Augen, besonders tief, wenn eine Frau Kopftuch trägt. Ich hätte gern noch gesehen, ob er bald verprügelt wird, aber ich will nach Hause.

Vor dem Café sitzt die junge Frau mit dem Buch, dem strengen Zopf und dem yogageraden Rücken. Die sehe ich seit kurzem immer wieder und eigentlich würde ich sie gern kennenlernen. Ich habe sie zum ersten Mal bemerkt, da hatte sie gerade ihr Buch angefangen, nun ist sie schon weiter als die Hälfte, und ich habe das komische Gefühl, dass sie eigentlich in dieses Buch gehört, dass sie sofort verschwindet, wenn das Buch zu Ende gelesen ist. Sie hat sich ein bisschen weggedreht von dem jungen Mann, der den Platz neben ihr besetzt, der trägt farbig strahlende Nike-Sneakers, eine graue Jogginghose und einen Pulli, auf dem »University of Cambridge« steht. Er spielt mit zwei Fünferscheinen in der Hand, als wären sie ein Bündel Hunderter.

Ich schaue aus dem Küchenfenster in den engen Innenhof. Eine dicke Frau wühlt in den Müllcontainern. An den Putztagen warte ich manchmal hinter meiner Wohnungstür darauf, dass die Hausmeisterin beim Treppenwischen auf meinem Stockwerk angekommen ist. Dann mache ich wie zufällig die Tür auf, sie stützt sich auf den Wischmopp und wir reden eine Weile. Sie hält das Haus in Ordnung und damit auch mein Leben irgendwie, sonst macht das niemand, deshalb ist sie besonders für mich. Aber heute ist kein Putztag. Ich gehe die Treppen hinunter, aber ich treffe sie nicht.

Der Türkenmarkt hat einen neuen Marktschreier angestellt. »Gurkenangebot! Gurkenangebot!«, seine Stimme steigt aus der Tiefe, grollt mühelos, wie das Reiben der Tektonik. »Gurkenangebot! Gurkenangebot!«, die Studenten drücken sich die Kopfhörer fester auf die Ohren, weinende Kinder verstummen verzweifelt, der Honorarmarktschreier vom Restpostenladen schräg gegenüber baut kopfschüttelnd seine Verstärkeranlage ab.

Vor dem Teppichgeschäft an der Müllerstraße parkt ein Mannschaftswagen der Polizei. Die Polizisten stehen im Kreis, breitbeinig, die Hände am Ausrüstungsgürtel. Einer erzählt von der letzten Razzia, und die dick gepuderten Polizistinnen mit den blonden Pferdeschwänzen nicken mit streng geschürzten roten Lippen. Kommt ein Radfahrer auf dem Bürgersteig heran, wird er aufgehalten und umstellt.

An der Ampel stehe ich neben so einer Unterschichtsscheuche. Die Haare sind ungeschnitten, die Farbe ist zehn Zentimeter ausgewachsen, die schwarzen Leggins sind grau gedehnt, der dicke Hintern ist nicht rund, sondern hügelig wie eine Daunendecke, die man aufschütteln muss, und als es grün wird, bemerke ich die Cordpantoffeln an ihren Füßen. Wahrscheinlich steht sie auf der Stipendiatenliste eines Klischeeförder-vereins, denke ich mir, da sehe ich die kleine Tochter an ihrer Hand, die hat einen Schulranzen voller Reflekto-ren, Spängchen im Haar und strahlende Kleider in Rosa und Grün. Sie sieht aus wie die leuchtende Zukunft. Und ich stehe da und staune, bis es schon wieder rot ist.

Im Gebäude gegenüber zerbrechen in den oberen Etagen langsam die Fensterscheiben, als würde das ganz automatisch passieren, wenn ein Haus leersteht. Im Erd-geschoss hängt noch das Transparent »Neueröffnung« über dem Schaufenster. Die rote Schrift verblasst, der weiße Grund ergraut, und die Schaufensterscheiben wurden längst von wilden Plakatierern verkleistert, Ü-30-Party und Anti-Kohle-Demo. Früher wurden hier diese stinkenden Handtaschenimitate verkauft. Der Nie-dergang dauert schon zu lange, als dass man noch alten Zeiten nachtrauern könnte. Nur am Sonntag erinnern sich die Alteingesessenen, wie still es im Wedding war, als die Mauer noch stand. Eine fast endlose Sonntagsruhe muss das gewesen sein, ein sehr westdeutsches Geräusch, so etwas wie Fünfmarkstücke, Kanzlerbungalow und Strickjackendiplomatie. Am Sonntag hupt kein Auto-fahrer die Ampel grün. Die Trinker grölen nicht vorm

Einkaufszentrum, weil man dort dann kein Bier verkauft. Und weil die meisten Leute zu Hause bleiben, lohnt es sich auch für die Bettler nicht. Wenn ich am Sonntag meine üblichen Werktagswege nehme, sieht der Wedding freundlicher aus. Einzig der Müll auf den breiten Bürgersteigen der Müllerstraße ist schäbiger als sonst, weil er nicht frisch ist, sondern vom Vortag stammt.

Ein benutztes Kondom kriecht über den Bürgersteig. An der Ecke zur Malplaquetstraße setze ich mich in das Cupcakecafé. Der Wirt ist natürlich Amerikaner und die Kellnerin natürlich schwanger und sowieso ist der ganze Gehweg mit Kinderwagen zugeparkt. Die Prachtfassaden dieser Straße sind wieder zweifarbig aufgehübscht worden, es gibt eine neue Eisdiele, italienischen Feinkostblödsinn, und die restlichen Ladenlokale wurden mit Fingerfarben geflutet, bis es genug Kitaplätze gab für all das junge Glück. Der Espresso schmeckt natürlich nicht, das interessiert aber niemanden, weil hier jeder aufgeschäumte Milch bestellt. Ich schaue auf zum Balkon gegenüber und sehe, wie ein junger Mann die Zigarettenkippen aus den Blumenkästen jätet, die seine Partygäste in der Nacht zuvor zwischen die Küchenkräuter gedrückt haben.

In der Malplaquetstraße ist alles so auf Milchschaum gebettet, man kann gar nicht glauben, das rundherum Wedding ist. Ich schaue mir die Frauen an, die Mütter, die Schwangeren und die allmählich Bereiten. Und ich denke mir, vielleicht sollte ich auch so eine Französin kennenlernen, so wie es bei deutschen Männern gerade üblich ist, weil sie nach der Sandkastenfreundin mal was ganz anderes wollen, aber doch von zu viel Exotik Durchfall bekommen. Oder ich suche mir so ein deutsches Mädchen, wie sie hier ständig vorbeigehen, eine mit Jeanshüfte und praktischen Stiefeln, mit Oberteilen, die Schulterblätter und Schlüsselbeine freilegen, doch vom großen Busen nicht den kleinsten Spalt, bei denen es nur darum geht, die Stabilität des Knochenbaus, nicht aber die Weiblichkeit zu zeigen. Mit manchen kann man sicher Pferde stehlen, aber was soll man dann damit. Sie haben blonde Haare, die nicht blenden, Hände zum Fahrradschieben und Bollerwagenziehen, sie sind schön, aber nicht erotisch, haben eine völlig jugendfreie Ausstrahlung, leben Pragmatismus, als wäre es Eleganz, und meist haben sie so einen hageren Mann bei sich. Ja, vielleicht sollte ich so eine kennenlernen und in die ruhige Endwohnung einer Sackgasse ziehen und mit ihr blonde Kinder haben, die nur so lange frech sind, wie es süß ist. Ich drücke eine Münze auf den Tisch und gehe. Manchmal ist das Leben schön und ich kann mir nicht vorstellen, dass es irgendwann endet. Und manchmal wate ich durch schlechte Gefühle wie durch Beton, der langsam fest wird, und frage mich, wie ich es schon so viele Jahre ausgehalten habe.

Noch bevor ich in Berlin irgendjemanden kannte, habe ich regelmäßig die Wildschweine im Volkspark Rehberge besucht. Ich habe ihnen Eicheln über den Zaun geworfen, und wenn sie dann zum Fressen näher kamen, habe ich meine Selbstgespräche mit ihnen geteilt. Und weil sie nie was zu sagen hatten, habe ich mir gedacht, dass sie irgendwie mit mir einverstanden sind. Je mehr jemand redet, desto leichter kann man von ihm enttäuscht werden. Die meisten Freunde, die ich habe, kann ich schon lange nicht mehr hören.

Ich weiß gar nicht, ob die Schweine kapieren, dass sie eingezäunt sind. Der Zaun gibt den Schweinen ein Stückchen Wald zum Grunzen und außerhalb bin ich in die Freiheit gesperrt. Wenn einem die Freiheit genommen wird, fühlt man sich unterdrückt und bekommt Kraft zu kämpfen, die Richtung ist klar. Wenn man aber in die Freiheit gezwungen wird, ist da nichts, was wütend macht, außer das eigene Unvermögen, die Freiheit zu nutzen. Und deswegen schaue ich mir lieber die Schweine an als meine Freunde. Weil meine Freunde frei sind, sind sie selbst in der Pflicht, sie wollen ständig produktiv sein und haben Angst zurückzufallen. Wenn sie Urlaub machen, fliegen sie um die halbe Welt und sind insgeheim enttäuscht, dass es weiter nicht geht. Und selbst, wenn der Job beschissen ist und ihnen keine Zeit mehr lässt, sind sie trotzdem immer auf dem Weg zur großen Erlösung. Und alle Unsicherheiten, die sind bloß die Erfüllung ihres Wunsches nach Flexibilität. Dabei ist es sehr anstrengend, hin und her geworfen zu werden und dabei den Eindruck zu erwecken, man springe aus eigenem Willen. Und dann haben sie dieses diffuse Unglück, weil sie ständig versuchen, nach gängigen Standards alles richtig zu machen, und selbst wenn es dann richtig ist, freuen sie sich nicht daran. Und dann schauen sie mich an, einen Gescheiterten, einen Hängen-, einen Liegengebliebenen, und sie sehen in mir irgendwas, das ihnen fehlt. Irgendetwas, das zu erreichen sie noch nicht schnell genug gerannt sind. Und sie fragen mich, wie machst du das? Und ich sage, ich mache heute nichts und morgen auch nichts. Und dann vermuten sie etwas Großes dahinter, vermuten, dass ich zu mir selbst gefunden habe oder so. Und natürlich widerspreche ich ihnen nicht, denn damit würde ich ihr ganzes Weltbild kaputthauen. Die Menschen, die mich mögen, verachte ich vor allem für die Gründe, aus denen sie mich mögen. Für ihre Achtung vor dem, was ich an mir längst durchschaut habe. Und deshalb bin ich so gerne bei den Wildschweinen. Ich schaue ihnen zu, wie sie mit der Schnauze im Matsch nach den Eicheln wühlen, und es spritzt und blubbert von ihrem Atem. Ich denke, es würde uns alle retten, wenn wir uns grunzend im Schlamm wälzen würden und riefen: »Hey, das bin ich!«

Jetzt ist es warm am Plötzensee und voll mit Menschen. Ich schwimme hier nur, wenn es anderen zu kalt ist. Dann treffen sich die immer gleichen Leute auf dem Betonvorsprung, es sind jene Hartz-IV-Empfänger, die sich selbst als Privilegierte erkannt haben. Aber nur im Winter bin ich täglich hier, wenn es still ist und der Himmel trüb und niedrig. Der Winter ist mir unter den Jahreszeiten die liebste, grau und geordnet, still und starr, die Tage sind immer dieselben. Ich freue mich an regelmäßiger Wärme, Teestunden und Bettzeiten. Ich behalte die Übersicht, sehe meine Spuren im Schnee, den eigenen Atem. Alle Wahrnehmungen führen zum Ausgang zurück. Dann habe ich Ruhe im Hirn, denn ich glaube, dass dieser Zustand anhält, dass sich die Welt so bald nicht in Bewegung setzt. Dann gehe ich über den gefrorenen See und bleibe unschlüssig in der Mitte stehen.

Aber wenn ich den See nun sehe, die Menschen mit dem Bier und der Musik, die eng beieinander das Leben genießen, so dicht gedrängtes Glück, muss ich mir mein Unverständnis eingestehen, mein Unvermögen, es genauso zu genießen. Es ist eine Welt, die mir nicht offensteht, aber die so vollständig erscheint, wie fertig bereitgestellt für die Leute, denen sie gefällt. Ich hätte auch gern eine Welt, die ganz selbstverständlich meine ist, aber so etwas gibt es nicht für mich, weil ich in dieser Welt dann auch selbstverständlich wäre, also nicht mehr ganz anders, wie ich es mir ständig beweisen muss, damit ich mich noch wertvoll fühle.

Um den Plötzensee joggen oft die jungen Ärzte aus dem Virchow-Klinikum, die sind alle groß und blond, daran kann man sie erkennen. Vom Plötzensee aus muss man nur die Seestraße überqueren, dort, wo sie zur Autobahn wird. Dann führt da eine schöne Allee quer durch das Krankenhausgelände, von der medizinischen Bibliothek bis zum Herzzentrum. Auf den Bänken an der Allee sitzen Kranke, meist Männer, in ihren Kran-

kenhaushemden, sie haben einen Tropf neben si
stehen, fahle Haut, Blutergüsse an den Armen und of
Verbände im Gesicht. Ihre Frauen sitzen daneben und haben ihnen Zigaretten mitgebracht. Auf jeder Bank wird eine andere Sprache gesprochen.

Vor mir schiebt eine ältere Dame einen riesigen brummenden Apparat vor sich her, nebendran geht eine junge Mutter, die ihr Kind hält, während es zu laufen versucht. Von der Brust des Kindes hängen zwei Schläuche, die führen in den Apparat. Und das Kind ist ganz auf das Laufen konzentriert, begeistert davon, was es alles kann, und denkt nicht daran, dass eigentlich nicht mal sein Herz zum Leben reicht. Dann kommt mir noch eine junge Mutter entgegen, die hält auch ihren Sohn, der laufen lernt. Und der hat ein monströses Metallgestell um den Kopf, Streben, Schrauben, Schellen, wie ein Baugerüst für Fassadenarbeiten, und sein Gesicht sieht man dahinter kaum. Und wieder packt mich das Mitleid und ich schaue den armen Jungen an, aber als der mich sieht, freut er sich, als wäre da kein Metallgestell, und als er lacht, sehe ich das Gestell auch nicht mehr.

Ich halte die Bierflasche mit beiden Händen und wünsche mir, ich könnte mich an sie lehnen wie an die senkrechte Stange in den alten U-Bahn-Waggons. Es ist voll in der WG, nur in meiner Ecke ist es leer. Manche kommen mir näher, doch sie wollen nur vorbei. Ich schaue mir all die Menschen an, die wie unverzichtbare Einzelteile ineinandergreifen, um gemeinsam den Apparat der Party zu bilden. Ich stehe stumm daneben und betrachte neidisch das Funktionieren.

Ich hätte gern einmal gelebt, wo das Leben schon vor mir eingezogen war. Im Küchenschrank ein Kaffeebecher mit einem Namen drauf, den niemand mehr kennt, im Flur ein paar Ansichtskarten mit unbekannten Absendern und Adressaten und ganz hinten im Kühlschrank das Marmeladenglas mit festgerostetem Deckel, eingekocht von der Oma, die längst tot ist, von dem Mitbewohner, der längst ausgezogen ist. Es sind demütige Menschen, die in so eine WG ziehen, die sich damit abfinden, dass vieles gegeben ist und wenig gemacht wird, sie fügen sich in den Staffellauf der Generationen, gestalten nicht, doch hinterlassen Spuren, eben eine Tasse im Küchenschrank, ein Poster im Flur, ein Glas im Kühlschrank. Und wenn es an der Zeit ist, fällt es ihnen leicht, auszuziehen, weil die WG auch ohne sie weiterbesteht, weil sie nichts zurücklassen müssen, was sie aufgebaut haben, nur ein Stück im natürlichen Fluss mitgeschwommen sind. Sie sind gelassen, weil sie ein paar Spuren hinterlassen haben, auch wenn die bald niemand mehr deuten kann. Und die Spuren ihres Alltags gerinnen zu den Geheimnissen der WG. All die Gegenstände ohne Herkunft, sie sind ihre Tiefe, die Gemütlichkeit der Ewigkeit, wie in der Natur, wo Stein und Baum nur von Mythen an ihren Platz geräumt wurden. Das ist es, was mich beruhigt, wenn ich auf WG-Partys gehe, wie das Chaos, die Hektik und das Gedränge durchflossen werden von in sich ruhender Ewigkeit.

Ich habe mich nie in so eine WG-Dynastie eingecastet, habe immer allein gewohnt und mir in jeder Wohnung mit neuem Kram, Stück für Stück, ein neues Leben aufgebaut. Und wenn ich ausgezogen bin, und so wird es wieder sein, ist auf mich jemand gefolgt, der alle meine Spuren beseitigt hat, die Schatten überstrichen, die meine Möbel an die Wand geworfen haben, und den Staub weggewischt, den ich über Jahre gesammelt habe. Das hat mich nie gestört, im Gegenteil, ich wollte mir mit einer neuen Wohnung immer ein neues weißes Blatt zur Hand nehmen und die alte Wohnung zerknüllt über die Schulter werfen. Neuerdings macht mich das traurig. Die Zukunft riecht nicht mehr wie gerade aufgerissene, originalverpackte Ware, jetzt fühlt sich alles nach Vergänglichkeit an. Wenn einen dieses Gefühl packt, ist vielleicht bald der Punkt erreicht, an dem man sich entschließt, ein Haus zu bauen und nichts mehr hinter sich zurückzulassen. Ich nehme mir besser noch ein Bier.

Wenn ich hier so stehe, statt nach Hause zu gehen, mit einem Bier in der Hand zwischen den Menschen, dann aus dem kleinen Rest Pflichtgefühl der Idee des In-Berlin-Seins gegenüber. Irgendwo muss man seine Zeit ja hinleeren. Neuerdings reden sie über Politik, doch es ist bloß die alte Langeweile mit neuen Etiketten. Ich möchte einmal auf einer Party sein, wo niemand verkrampft einen Grund sucht, sich zu beklagen, sondern alle nur zufrieden schweigen. Nur ab und zu würde jemand ausrufen: »Alles ganz wunderbar!«, und alle, die in Gedanken abgedriftet sind, wären wieder bei der Sache. Neuerdings wollen sie, dass die Stadt das Stromnetz kauft und die Wasserleitungen und Milch und Honig für jeden fließe. Alle sind sich einig, und das langweilt mich. »Hey, Leute, aber habt ihr gehört«, so versuche ich es bei den Rauchern auf dem Balkon, »dieses abgesperrte Gebiet auf dem Tempelhofer Feld, dort wo angeblich die Feldlerche brütet, das wurde verkauft! Hab mir gestern im Kino den *Tagesspiegel* mitgenommen, war nur eine kleine Meldung. Shell hat das gekauft, die beantragen jetzt die Genehmigung für eine Fracking-Probebohrung!« »Echt jetzt?«, stöhnt die Runde, und ich nicke betroffen. Jeder hat was über Shell zu sagen und über Fracking sowieso, nur ich nicht, ich suche mir die nächste Runde, die vor der Toilette steht, bei der Badewanne mit dem Bier. »Hey, Leute, habt ihr gehört, habe ich gestern nach dem Kino im *Tagesspiegel* gelesen. Coca-Cola startet jetzt ein Pilotprojekt in Berlin, die stellen in Kreuzberg entlang der U1 Pfandrückgabeautomaten auf, am Kotti, am Görli, am Schlesi. Die haben gerafft, wie viel die Hartzer mit dem Flaschensammelbusiness machen, und wollen sich das nicht entgehen lassen.« »Was? Coca-Cola!«, sagen sie erschrocken, aber dann finden sie schnell in die Ruhe ihrer Erwartungen zurück: »Ja, ja, klar, wer sonst.« Ich gehe rüber in die Küche zu der Gruppe, die vorm Kühlschrank steht und über steigende Mieten redet. »Hey, Leute, habt ihr schon gehört, gestern nach dem Kino habe ich in den *Tagesspiegel* geguckt, und da stand drin, dass im Berliner Umland die Grundstückspreise noch schneller steigen als in der Innenstadt. Monsanto kauft da alles an Ackerfläche, was zu kriegen ist, die wollen da Soja anbauen für den Berliner Tofubedarf, soll alles organisch und lokal sein, aber wer weiß, wie die ihre Position ausnutzen, wenn sie den Markt erst erobert haben.« Dann gehe ich zum Buffet, klatsche mir Couscous-Salat und Hummus auf einen Pappteller und schaue den Runden zu, wie sie immer lauter und schneller rotieren. Mein Grinsen bemerke ich erst, als es sich in Hannas Gesicht spiegelt. Sie lehnt sich neben mir an den Buffettisch: »Fracking auf dem Tempelhofer Feld, hm?« Ich brumme Zustimmung mit vollem Mund. »Ich muss nur eben zur Toilette. Wartest du draußen auf mich?«

Wir bleiben auf der Kieler Brücke stehen, lehnen an der Reling. Wenn Wasser unter mir fließt, das immer gleiche, ganz selbstverständlich, komme ich besser damit klar, dass die Zeit vergeht, ohne dass sich irgendwas ändert. Der Kanal mündet in die Spree, dort wo der Hauptbahnhof aufleuchtet. Er ist ein Gerippe aus Stahl, eine Hülle aus Glas, ein kalter Schein von weißem Licht und von Zeit zu Zeit das schmerzhafte Reiben von Eisen an Eisen. Und wenn man ihm zu nahe kommt dort am Betonfluss, dann löscht seine Beleuchtung alle Sterne.

Ich schaue Hanna von der Seite an, und auch sie dreht ihren Kopf. Sie hat traurige Augen, ein stolzes Kinn, dazwischen ein Lächeln. Sie macht die Augen zu, wenn sie mich umarmt, das weiß ich, denn sie bleiben noch eine halbe Sekunde geschlossen, wenn wir uns schon gelöst haben. Ich habe diese Momente, in denen das Leben tatsächlich leicht ist, aber es wirkt dann auch besonders flüchtig. Die Abende mit ihr sind am bedrohlichsten für das Glück, weil sie es nicht verschnaufen lässt, und ich fürchte, dass es einfach in sich zusammenbricht.

Ein Fuchs sitzt am anderen Ende der Brücke, beobachtet uns, und erst als wir gehen, verzieht er sich auch. Hanna ist sachlich mit ihrer Liebe, sie greift zu ohne Zweifel und ohne doppelten Boden, als wüsste sie ganz genau, was sie will. Am meisten mag ich an ihr, dass sie keine Ironie versteht. Mit ihr werde ich plötzlich ernst und glücklich. Dadurch, dass sie den Menschen vertraut und immer alles für wahr und aufrichtig nimmt, ist sie schon oft verletzt worden, aber verletzbar zu sein, das bedeutet doch, dass da in einem noch irgendetwas ist, was einen betrifft, und das wäre doch gar nicht so schlecht.

Sie schließt die Wohnungstür auf und macht das Licht in der Küche an. Sie lässt immer den Abwasch stehen, bevor sie auf eine Party geht, das hat sie sich irgendwann angewöhnt. Andere gehen, weil die Party vorbei ist, weil sie zu betrunken oder zu müde sind; Hanna geht, wenn sie Lust bekommt, ihren Abwasch zu machen, also dann, wenn sie in so guter Stimmung ist, dass selbst Abspülen Spaß macht, auch wenn es sonst nichts gibt, was sie mehr hasst. Andere wachen am Tag nach der Party auf und ärgern sich über den Kater oder den Schlafentzug und hassen sich ein bisschen dafür. Nur Hanna wacht immer glücklich auf, denn sie hat ja nicht so viel getrunken, ist nicht so lange geblieben und hat dann auch noch den Abwasch gemacht, der sich über Tage gestapelt hatte.

Ich setze mich an den Küchentisch und sie schenkt mir ein Glas von dem Mezcal ein, den sie von einem Dreimonatspraktikum in Mexico mitgebracht hat. »Pass auf damit!«, sagt sie und ich nippe vorsichtig. Sie zündet eine Kerze an und schaltet die Küchenlampe aus. Ich schaue ihr gern beim Spülen zu. Ich mag es, in fremden Küchen zu sitzen, während sich dort der Alltag abspielt. Ich bin dafür nicht verantwortlich und davon nicht betroffen, ich bin befreit und lehne mich zurück.

Ich pfeife irgendwas. In letzter Zeit pfeife ich ganz automatisch, sobald mein Kopf leer ist, als hätte sich da plötzlich ein Klangkörper geöffnet, der vom entlangstreifenden Atem zu klingen anfängt.

»Erwachen heiterer Empfindungen bei der Ankunft auf dem Lande«, sagt sie.

»Was?«

»Na, was du pfeifst. Das ist Beethoven.«

Sie weiß so was, spielt Oboe oder so. Ich lächle und finde dann den Ton nicht mehr.

»Ich denke, ich habe genug von der Stadt«, sage ich.

»Hast du das nicht schon immer gesagt?«, ruft sie, weil sie mit dem Rücken zu mir steht und der Spülschwamm auf den Tellern quietscht.

»Nein, diesmal ist es anders«, sage ich. »Wenn ich einen Bauernhof finden würde, mitten im Nichts, ohne Dorf drum herum, würdest du mitkommen?«

Hanna sagt nichts, sie stockt nur in ihrer Bewegung. Das dunkle Geräusch von Tellern, die unter Wasser im Spülbecken aneinanderstoßen, verklingt, man hört nur, wie kaltes Wasser aus dem Hahn rauscht. Sie steht immer noch mit dem Rücken zu mir, aber ich merke, dass sie lächelt.

»Klar«, sagt sie.

Von dem Mezcal werden die Farben kräftiger, die flackernde Kerze setzt die Küche freundlich in Flammen. Hannas Schatten hat sich von ihrem Körper gelöst und nickt mir begeistert zu. Ich rede so viel wie sonst nie, von freier Liebe, Freilandhühnern und so vielen Kindern, dass sich die Namen wiederholen.

In ihrem Flur stehen Umzugskartons voll mit den alten Erinnerungsstücken, die man ein Leben lang von Wohnung zu Wohnung trägt, ohne sie noch einmal zu öffnen. Ich mag, dass ihr Bett immer noch bloß eine Matratze auf dem Boden ist. Diese Rückenschmerzen am Morgen fühlen sich so jugendlich an.

Ich wache auf, als Hanna die Wohnungstür zuzieht. Ich liege ganz am Rand der Matratze und krieche in die Mitte. Diese Wärme, die dort noch ist, wo sie lag, ist eine gute Wärme, besser als meine. Ein Stapel Bücher dreht mir die Rücken zu, die liest sie nicht mehr, obendrauf stehen Gläser und Tassen. Sie hat mein Sperma in ein halbvolles Wasserglas gespuckt, durch das schaue ich von schräg unten hindurch. Das Sperma hat sich darin ausgebreitet wie ein Sternennebel, eine Galaxie von Möglichkeiten, die schaue ich mir eine Weile an.

Ich suche meine Sachen zusammen. In den Klamotten vom Vortag fühle ich mich zu Hause, wenn sie nicht mehr richtig sauber sind, schon nach mir riechen und vielleicht einen Zahnpastafleck am Ärmel haben, irgendein Lebenszeichen. Das Wasserglas stelle ich auf den Küchentisch, es sieht eigentlich ganz schön aus. Da steht noch mein halbvolles Glas Mezcal. In der Schraubkanne auf dem Gasherd ist noch lauwarmer Kaffee. Ich schaue eine ganze Weile in den geöffneten Kühlschrank, weil ich vergessen habe, wonach ich suche. »Milch«, höre ich mich sagen, noch bevor ich selbst daran gedacht habe. Ich schütte mir den Kaffee in eine Tasse, gieße den Mezcal dazu, öffne das Fenster, lehne mich mit der Schulter an den Fensterrahmen und schaue raus. Eine junge Mutter geht am Haus gegenüber vorbei, keine von denen, die Kindergroßziehen als Siebzigstundenwoche Selbstverwirklichung betreibt, auch keine, die während der Kitazeiten durch Boutiquen streift, sondern eine seltene Normalität im ausgewaschenen Anorak. Ihr kleiner Sohn rennt vor ihr her, auf unsortierten Füßen, er freut sich am Fortkommen, es ist noch so neu. Und dann fällt er auch schon hin. Er liegt da, stumm und verwirrt. Er dreht den Kopf zur Mutter, die lächelt ihn an und ruft: »Aufstehen. Weitergehen.« Und er steht auf und rennt und lacht, als wäre nichts gewesen. Und es war ja auch nichts. Ich würde ihr gern ein »Bravo« hinunterrufen, aber ich glaube, sie gehört nicht zu denen, die Beifall nötig haben. Ich zwirble ein verdorrtes Blatt einer toten Topfpflanze zwischen meinen Fingern. Und als ich den Kaffee ausgetrunken habe, blicke ich runter auf meine Hand: »Basilikum.« Ich schaue mich noch einmal in der Küche um, sorgfältig und aufgeräumt, auf jeder Ablagefläche stelle ich einen Blick ab. Die Schränke hängen in den Raum herein, oben sind sie mit Töpfen beladen, mit viel zu vielen Töpfen, die beugen die Schränke weiter nach vorne. Wenn die U-Bahn durch die Straße brodelt, zittert die Küche, die Töpfe scheppern, die Schränke ächzen und das Summen der Weingläser klingt noch lange nach. Dann steht für Minuten die Stille im Raum. Jedes Mal, wenn ich hier bin, möchte ich irgendwie bleiben, aber trotzdem gehe ich immer. Wenn ich bliebe, würde ich die Sehnsucht vermissen, glaube ich.

Das Café am Nordbahnhof besteht aus Sichtbeton und Naturholz, so eine visuelle Wechseldusche, die gegen soziale Kälte abhärten soll. Der Espresso ist dort eigentlich zu sauer, aber er hat eine Herkunft und wurde mit modischer Brille geröstet und das Personal ist immer so unfreundlich zu mir, dass es sich anfühlt, als wäre dieser Kaffee auf einem Niveau, das ich erst noch zu erreichen habe. Auf dem Kaffee glänzen Schlieren wie Altöl in einer Pfütze. Die Bedienungen sind alle asiatische Amerikanerinnen, die kein Deutsch können und niemals lächeln. Sie tragen schwarze Kleider, haben langes Haar, nur um die Ohren oder am Hinterkopf ist etwas weggeschoren.

Ich schaue mich um und sehe wirklich nur junge Leute, und diese Tatkraft, die sie ausstrahlen, die erhöht sogar den Luftdruck im Raum. Ich bin erstaunt über ihre Energie, dabei sind sie gar nicht so viel jünger als ich. Ich kann mich nicht erinnern, ob die Resignation schleichend kommt oder auf einen Schlag, jedenfalls liegt ein Wassergraben der Erkenntnis zwischen mir und ihnen. Es ist nicht so, dass ich mich überlegen fühle, eben das nicht, ich habe nur ein niedrigeres, stabileres Energieniveau erreicht. Es gibt einen Tiefpunkt allen Denkens. Von dem kann man sich nicht mehr entfernen. Es ist offensichtlich, dass ich hier nicht mehr hingehöre, aber ich habe noch eine Stempelbonuskarte, die ist fast voll, und so kurz vor dem Ende gibt man nicht auf.

Ich glaube, letztendlich ist der Kaffee schuld an

allem. Ich habe so viel Kaffee in meinem Leben getrunken, vielleicht nicht mehr als die anderen, aber ich bin dabei stehengeblieben und die anderen sind weitergegangen, sie haben »to go« gesagt und ich »für hier«. Deswegen bin ich dort, wo ich bin. Der Unterschied zwischen Pappe und Porzellan ist der Unterschied zwischen denen, die einen Weg gehen, und denen, die ihnen nachschauen.

Ein Kind von drei, vier Jahren rennt ziellos im Laden herum, von seinen Eltern weg und wieder hin, weil es flüchten will, aber sie dann gleich vermisst. Die Eltern stecken in einem ernsten Gespräch und schauen gar nicht auf. In einer Abstellecke entdeckt das Kind einen Staubsauger und schrubbt damit durchs Café. Ein junger Spanier sagt zu seiner Freundin: »Schau, selbst die Kinder haben Arbeit hier.«

Der frühe Morgen ist so hartkantig, weil er noch unbenutzt ist. Vom Café aus kann ich zuschauen, wie er von der Geschäftigkeit weich geschliffen wird, während ich für mich selbst den Beginn des Tages immer weiter hinausschiebe. Irgendwann trete ich hinaus in den vorgekauten Tag und bin erfüllt von Dankbarkeit für die Menschen, die schon früher vor die Tür gegangen sind.

Im Vorbeigehen sehe ich all die geglückten Berlin-

Mitte-Existenzen, deren Schuhe sauber sind und die ihren Bart auf Länge halten. Die sind Anfang fünfzig und haben ihren kleinen Sohn auf dem Arm, der ein Barbourjäckchen trägt mit hochgekrempelten Ärmeln. Und ihre Frauen tragen den ganzen Tag nur Einkaufstüten, solche kantigen aus Papier, mit Labels, die ich nicht kenne, und trinken vor Cafés Limonade aus Einmachgläsern, weil das hausgemacht aussieht. Andere Männer fahren teure Autos, mit denen man immer einen Parkplatz findet. Dann halten sie an, die Beifahrertür wird aufgestoßen, zwei Modelbeine stechen heraus, und bald steht eine junge Frau auf dem Bürgersteig, die perfekt erstrahlt, als wäre die Wirklichkeit mit Photoshop bearbeitet. Sie wirft ihren Pferdeschwanz über die Schulter, und dieser Anblick bleibt mir wie ein Haarbüschel in der Luftröhre stecken. Erst als ich atemlos an ihr vorübergegangen bin, kommt mir wieder Sauerstoff ins Hirn.

Vor einer Eisdiele klopfen zwei kleine Jungs mit Holzhockern die lockeren Pflastersteine des Bürgersteigs fest. Die Eltern sitzen am Tisch, besprechen, springen auf synchron, haben die beiden Söhne unter sich aufgeteilt. Die Mutter sagt: »Hör sofort auf!«, und als sie nicht aufhören, wiederholt es der Vater. Dann greifen die Eltern zu, mit der einen Hand jeweils einen Hocker, mit der anderen Hand jeweils einen Sohn. »Wir gehen sofort nach Hause«, bestimmt der Vater. »Wir wollten doch auf den Spielplatz«, quengeln die Kinder. »Nein, so was darf nicht belohnt werden«, sagt der Vater mehr zu sich als zu den Kindern. Mutter und Vater nicken einander bestätigend zu.

Sie haben einander versprochen, sich einen Tag in der Woche nur für ihre Kinder zu nehmen, aber nicht, ohne auch eine erzieherische Tat zu vollbringen. Und den Freunden, die sie an den anderen Tagen treffen, wenn sie ihre schläfrigen Kinder von der Kita abholen, werden sie von der kleinen Krise berichten, die sie nach kurzer Abstimmung lehrbuchmäßig gelöst haben. Mir wird schlecht von dieser Art, wie sie in Mitte mit den Kindern alles richtig machen. Jede Ohrfeige im Wedding sieht liebevoller aus.

Erst auf den Plastikpolstern der U-Bahn, meinem Zuhause in der Stadt, merke ich, wie erschöpft ich bin. Ich frage mich, wie ich den Weg vom Leopoldplatz zu meiner Wohnung überhaupt schaffen soll. Am Morgen ist der Wedding ja erträglich, dann sind die Leute auf der Straße, die Wege haben, Ziele und einen strebenden

Gang. Aber schon am Vormittag bevölkert der ausgeschlafene Teil der Gesellschaft die Straßen, die Streuner, die Gescheiterten, die Ziel- und Mittellosen. Oft fühle ich mich dann wie ein Fremdkörper hier, der Eiter der Stadt umgibt mich und drängt mich hinaus. Und ich frage mich, inwiefern ich für die anderen ebenso Eiter bin, inwiefern sich jeder als Fremdkörper fühlt im Abstoßungsspiel von Teilchen und Masse.

Ich steige schon am Bahnhof Wedding aus, damit ich mich langsam an den Dreck gewöhne. Ich muss mich schütteln vom ätzenden Geruch der grauen Seifenlauge, die die Putzfrau aus dem Dönerladen in den Rinnstein kippt. Am Arbeitsamt sieht man noch die Farbbombenflecken von der letzten Maidemo. An der Ecke zum Sprengelkiez steht ein schlaksiger Mann in Lederjacke, mit Schnapsflasche und Tourette-Syndrom, der schreit eine alte Frau an, die mit ihrem Rollator die Straße überquert: »Du Drecksau, du Scheißfotze, du beschissene Oma. Hau ab!«

Auf der anderen Seite, im Metzger-Park, liegen die Zigeuner in der Sonne und sehen glücklich aus. Neulich, auf so einer Minderheitenparty, wo alle entweder lesbisch, behindert oder Flüchtlinge waren, in einem Haus, das sie besetzt hatten, bis sie es behalten durften, hat man mich fast rausgeworfen, weil ich »Zigeuner« gesagt habe. Sie haben mir erklärt, dass ich damit alte Stereotype aufrufe, dass ich durch das Wort verdränge, dass die meisten Roma und die meisten Sinti ganz unscheinbare, integrierte Menschen sind. Aber diese Unscheinbaren habe ich ja auch gar nicht gemeint, die interessieren mich nicht. Ich meine jene, die im Volkspark Rehberge, dort wo Grillen in drei Sprachen verboten ist, Holz sammeln und dann auf der Wiese ein Lagerfeuer machen, die in der Sonne liegen, tagelang, und sich anscheinend keine Sorgen machen, weil sie gerade keine haben. Die sind sich treu geblieben, über Zeit und Umwelten hinweg. Ich glaube, vor zweihundert Jahren hätten sie nicht viel anders ausgesehen und nicht viel anders gelebt. Und damals wie heute sind sie die Einzigen, die in der Stadt wirklich gegen den Strich leben. Die Bohemiens bilden sich ihre Besonderheit nur ein, dominieren aber das Straßenbild mit absoluter Mehrheit. Ich bewundere die Zigeuner, weil sie sich nicht, wie alle anderen, von der Freiheit in das immer gleiche Lebensförmchen drücken lassen.

Hinter dem Metzger-Park war früher noch ein richtiges Postamt, in dem Stempelschläge hallten und Beamte durch Oberlippenbärte brummten. Jetzt gibt es nur noch die Post an der Müllerstraße, wo die Menschen in einer zwanzig Meter langen Schlange bis raus auf den Bürgersteig warten. Es riecht nach vergorenem Schweiß und ausgeschwitztem Alkohol, denn es ist Monatsanfang, da holen jene Hartz-IV-Empfänger auf der Post ihr Geld ab, die kein Girokonto haben, weil es keiner Bank zuzumuten ist, sie als Kunden zu akzeptieren. Dieser Verwahrlosungsgeruch steht noch für Tage in der Post, weil der längliche Raum so schlecht belüftet wird. Ich hebe mein Geld nebenan bei der Volksbank ab.

Ein Mann kommt aus dem Supermarkt, reißt mit zitternden Händen die Schutzfolie von einer Packung Schweinemett und stopft sich das Fleisch gierig in den Mund. Hinter mir höre ich eine Frau ihre Hunde zur Ordnung rufen. Als ich mich umdrehe, sind es Kinder. Ein älterer Mann sitzt auf dem Rand eines städtischen Betonblumenkübels. Er trägt ein abgewetztes schwarzes Jackett. Sein grauer Bart wächst ungleichmäßig. Es ist ja noch morgens, aber er trinkt schon ein Pilsator. Trotzdem grenzt er sich ab, von all den Abgestürzten hier: Wenn er sein Bier auf dem Bürgersteig abstellt, dann liegt ein Bierdeckel darunter. Er trinkt also auf dem Fundament bürgerlicher Werte. Er lebt eine Bierdeckeldicke über dem Dreck dieser Stadt. Ich nicke ihm anerkennend zu. Ein Beinamputierter in einem E-Rolli summt an mir vorbei, hält in der einen Hand den Steuerknüppel, in der anderen eine Zigarette. Drei zwölfjährige Mädchen kommen vom Parfumprobieren bei Müller und ziehen eine schwere Schleppe Duft hinter sich her.

Es fängt an zu regnen und ich gehe schneller. Im Vorbeigehen winke ich Dostojewski im Café. Er winkt mich rein, ich winke ab. Sein Bart ist wirklich sehr lang und fusselig geworden, er sieht ein bisschen aus wie dieser salafistische Eisverkäufer beim U-Bahnhof Rehberge. Am Fenster sitzt auch diese junge Frau mit dem Buch. Wenn ich nicht gerade einen Kaffee getrunken hätte, könnte ich jetzt einen Kaffee trinken gehen. Sie ist mit dem Buch schon fast am Ende.

Yussuf winkt mich zum Gemüsestand: »Hallo, Meister!« Er drückt mir zwei Orangen in die Hand und klopft mir auf die Schulter. Ich glaube, er schenkt mir ständig Obst, weil ich so aussehe, als fliege mir das Glück zu. Einem, der Glück hat, soll man sein Schicksal nicht streitig machen, denkt er sich. Vielleicht ist er einsam, vielleicht schickt er das Geld an die Familie in der Türkei, ganz anders einsam als ich, der für nichts, für niemanden hier ist. Wenn er samstags das Gemüse ins Kühlhaus räumt, sage ich: »Schönes Wochenende! Was hast du vor?« Erst guckt er verschämt zu Boden, dann schaut er stolz auf: »Mädels aufreißen!« Und zwinkert mir zu wie beim Fachsimpeln unter Sachverständigen. Ich mag unser knappes Schweigen. Wie er mich anschaut, gefalle ich mir.

Ich drücke die Haustür mit der Schulter auf, und erst als ich drinnen stehe, höre ich den Beat. Es dröhnt im ganzen Haus, die Wände vibrieren, das Briefkastenblech surrt im Takt. Auf der Treppe stehen leere Bierflaschen, wie Inseln über das Treppenhaus verteilt, immer vier oder fünf beisammen, und klirren gegeneinander. Alles, was im Haus ein bisschen lose ist, summt mit dem Bass. Das Treppenhaus hinunter sind Kronkorken und Zigarettenkippen ins Linoleum getreten, ich spüre sie durch meine abgenutzten Sohlen. Ich komme an der Wohnung unter mir vorbei. Der Beat wirft sich von innen gegen die Tür, als wollte er aus einem Foltergefängnis ausbrechen. Irgendjemand hat da einen Sticker hingeklebt: »Laute Musik fügt Ihnen und den Menschen in ihrer Umgebung große Freude zu.«

Der Dielenboden meiner Wohnung zittert, wohl [illegible] stundenlang. Meine Möbel sind auf den Vibrationen durch den Raum getrieben, und der Staub, den sie verbargen, hat sich überall verteilt. Ich schalte den Staubsauger an, für den Moment ist das wie Ohropax.

Die Psychologische Beratungsstelle der Freien Universität ist eine ergraute Dahlemer Villa. Die Risse im Putz werden nicht verfüllt, damit die Beschädigten sich heimisch fühlen. Auf der Treppe zum Eingang sitzt es sich schön, mit Blick in einen wilden Vorgarten und auf einen der Bürgersteige, der täglicher Weg der Studenten ist. Ich sitze hier wie eine Werbefigur, wie ein dicker Plastikkoch vorm Restaurant, der sich den Bauch reibt, nur stütze ich die Ellbogen auf die Oberschenkel und habe mein Gesicht in meine Hände gesenkt. Weiter als bis zur vierten Stufe, auf der ich sitze, bin ich nie gekommen. Vielleicht schaffe ich es eine Stufe höher, wenn ich es mir wie eine alltägliche Erledigung vorstelle. Mit den Seelen ist es wie mit den Körpern, manche passen einfach nicht in die Konfektionsware, die für die Massen angeboten wird. Und weil die Welt sich nicht wandeln wird, muss man selbst sich anpassen, hält die Seele mit Hosenträgern oben, dass man sie nicht verliert, oder muss sie ständig krempeln, damit man nicht drauftritt und stolpert. Und wenn das zu mühsam ist, gibt man sie im Lebensänderungsstübchen ab: »Können sie mir die Seele etwas enger machen und das Stück abschneiden, das immer auf dem Boden schleift?« Und dann muss man eben dreimal täglich eine Weltschmerztablette aus dem Blister drücken, als würde der Welt nichts anderes fehlen als ein paar Pillen am Tag, mit reichlich Wasser runtergespült. Die paar Gedanken reichen mir, um mich lächerlich zu fühlen, und das heißt, es geht mir schon gar nicht mehr so schlecht.

Am Fußweg zum Unihauptgebäude sind an alle Alleebäume Plakate geheftet, für marxistische Lesekreise und gegen den Kapitalismus. Ich bin mir sicher, man könnte das Böse in der Welt zumindest für einen Monat aufhalten, wenn es sich davon überzeugen ließe, erst einmal *Das Kapital* durchzulesen. Es hängen dort immer neue Plakate, sie wechseln Farbe und Formulierung, aber ich lese immer wieder dasselbe darauf, es wirkt so natürlich, so organisch, wie der Baum, an dem sie hängen, sein Laub wechselt, aber immer wieder dasselbe hervorbringt. Und doch warte ich auf den Tag, an dem sich Umweltaktivisten an die Bäume ketten, um sie vor den Tackernadeln zu schützen.

Der größte Hörsaal wurde von Studenten besetzt. Zweimal am Tag ist Vollversammlung aller Studierenden, dann finden sich dort an die zwanzig Leute ein, Iros und Rastas, aber auch einige unscheinbare Funktionäre der politischen Hochschulgruppen. Communiqués werden verlesen und die Solidaritätsadressen der Besetzer anderer Universitäten. »Und zum Abschluss«, ruft der diensthabende Protestleiter die Sitzreihen hinauf, »geht ein dickes Dankeschön an Morten, der uns allen heute Club Mate besorgt hat!« Dann zeigt er auf drei Getränkekisten, die vor dem Katheder gestapelt sind. Es wird geklatscht, jeder nimmt sich eine Flasche, wirft Münzen in die Solidaritätsdose, und dann trinken sie darauf, dass alles klappt wie am Schnürchen. Ich muss an die frische Luft. Mir wird immer übel, wenn die Klischees Wirklichkeit werden, es ist der Schwindel beim Blick in die klaffende Leere, als hätte die Welt nicht mehr zu bieten als die billigen Tagesangebote meiner eigenen Fantasie.

Meine Zeit in der Stadt wäre wohl ganz anders, vielleicht glücklicher verlaufen, hätte ich mich angepasst und nicht so krankhaft auf den Schrullen meines Gewissens bestanden. Das ist die Anforderung der heutigen Zeit, nicht bloß flexibel zu sein bei Wohnort und Arbeitszeit, sondern eben auch moralisch flexibel, nicht so sehr, um alles zu ertragen, sondern um jede Empörung, jede Entrüstung und jeden Versuch, die Welt zu verbessern, mitmachen zu können. Ich komme mir mit meiner Gleichgültigkeit so altmodisch vor. Ich habe noch nie meine Faust gehoben, spüre nur, wie jedes Schulterzucken meine Hände ein Stückchen mit nach oben zieht.

Zu Anfang fährt die U-Bahn über Tage. So lange drücke ich meinen Blick zum Fenster hinaus, in das laublose Gestrüpp der Bahndammböschung, in die parzellierte Wellblechwelt der Schrebergartensiedlung, in die Wolkensuppe, von Flugzeugturbinen durchquirlt. Und während die Bahn sich füllt, Station um Station, versuche ich einfach nicht hier zu sein, mehr draußen, den Blick wie einen Anker ausgeworfen.

Dann schnappt der Tunnel zu. Die Bahn ist vom Boden geschluckt. Die Neonröhren blinzeln beim Erwachen. Ihr Licht kriecht unter die Haut, da wo die Menschen krank und schmutzig sind. Ihr Atmen bläst mir durch die Ohren, ihr Hüsteln bellt mir dort hinein. Und wenn sie reden, dann poltern mir ihre Worte ins Hirn, weil sie lauter sind, als ich denken kann. Und sie reden immerzu, leeren ihren Lebenslärm in den Fahrgastraum. Und sie werden mehr, sie rücken zusammen, drücken von allen Seiten, sie schieben sich alle noch näher zu mir. Die Menschen sind eine feuchte Masse um mich herum. Ein Fremdkörper bin ich im Leiberteig, der hier geknetet wird.

Ich schaue mich um nach allen Seiten, weil ein archaisches Hirn in mir immer nach Fluchtwegen sucht. Und an zwei stämmigen Hälsen vorbei, durch das Gestrüpp der Arme hindurch ist tatsächlich etwas zu entdecken. Da sehen mich zwei Augen hilflos an, große Frauenaugen sind das, die meine Gedanken erwidern, Judiths Augen. Wir halten den Blick, und es scheint uns beide zu wundern, denn in dieser Stadt weicht man Blicken aus. Wir lächeln sogar. Die nächste Station, die Türen zischen, Druck entweicht aus dem Gedränge, unsere Panik verdampft. Ich schiebe meine Hand zwischen den Körpern zu ihr, kriege ihre zu fassen, schiebe mich zur Tür, ziehe sie mit.

Wir stehen auf dem Bahnsteig. Sie schaut mich an. Und ich denke mir, dass wir eigentlich beide gleichermaßen kaputt sind und dass wir vielleicht gemeinsam stärker als die Schwäche wären. Ich halte sie fest und mich an ihr, sie sich an mir und hält mich auch. Ich frage, ob wir ein wenig Zeit miteinander verbringen, ohne Vorwand, ohne Kino und Kaffee. Und sie sagt mir, sie würde gern mit mir kommen jetzt, doch sie könne nicht im Moment, sie könne gar nicht mehr jetzt gerade, sie gehe nun in die Klinik, zu dem Doktor, den sie kennt, und dort bleibe sie eine Weile. Sie sagt, dort stünden Plastikblumen auf dem Tisch, die würden nach Saison gewechselt. Die Wände sind weiß wie Aspirin. Der Tag ist von Mahlzeiten gedrittelt. Da ist eine Ordnung, in der man sich wiederfinden kann. Dort gäbe es auch Kaffee, sagt sie, der schmecke zwar nicht, doch sie würde sich freuen, wenn ich trotzdem käme. Wir schweigen kurz und hören das erste Räuspern der Bahn in der Röhre. Dann steigt sie ein und ich nicht.

Der weißrussische Harfenspieler sitzt im Verbindungsgang, der Klang lugt um jede Ecke, entreißt den Gängen ihre strenge Funktion und auch meine Schritte können nicht einfach weiterticken, er zupft und reißt den Weg ein, auf dem ich gehe. Ich sehe die U9 dreimal halten und dreimal anfahren. Als er die Harfe absetzt, nehme ich die Treppe zum Licht.

Von der Spichernstraße ist es nicht weit bis zum Kaisertochterpark mitten in Schöneberg. Schöneberg ist der einzige Stadtteil, der irgendwie normal ist, der mich sogar beruhigt. Aber eigentlich kenne ich diesen Stadtteil gar nicht, ich kenne nur diesen kleinen Park. Das Gras ist hier kurz und grün, die Beete gejätet und mit Blüten befüllt. Das Betreten der Rasenfläche ist verboten, doch der Rasenfläche ist nicht zu widerstehen. Manche ziehen sich die Schuhe aus und schleichen auf Socken darüber. Man hinterlässt den Rasen sauber. Selbst die Sonnenblumenkernesser klauben auch noch die letzte Schale aus dem Gras. Der Springbrunnen rauscht hier bis neun Uhr abends, dann bricht die Wassersäule krachend in sich zusammen, und die Gespräche der Menschen schwappen über den Park.

Auf dem Rand des Brunnens sitzt jetzt ein alter südländischer Mann mit einem halben Brötchen in seiner großen hohlen Hand und Spatzen auf den Fingern, die es fressen. Große Pranken hat er, er könnte fünf Spatzen auf einmal zermalmen, aber es scheint, als wären die Pranken und der massige Körper nur eine Festung, in der er seine Sanftmut beschützt. Dann kommt ein großer dreister Spatz angeflogen, landet auf seinem Mittelfinger, reißt die Brötchenhälfte an sich und flattert mühsam mit ihr rüber ins Gras. Da verschwinden auch die anderen Spatzen aus der Hand des Mannes. Er schaut noch einen Moment auf seine leere Hand, steht dann auf, trägt schwer an seiner steinernen Miene, geht nach Hause und dreht sich kein einziges Mal nach den Spatzen um, die das Brötchen in Scharen zu Krümeln zerreißen.

Zwei nackte kleine Kinder radeln um den Brunnen, immer wieder im Kreis herum. An beiden Fahrrädern ist ein Deutschlandfähnchen befestigt, und während sie fahren, singen die Kinder: »Olé, olé, olé, olé, wir sind die Champions, olé!« Auf den Parkbänken sitzen Frauen mit Kinderwagen, die Säuglinge süß, die Mütter müde. Das weiche Gras stellt sich auf, wenn der Boden von der U-Bahn bebt. Der Rasen zittert und kriegt eine Gänsehaut. Die U4 hat nur fünf Haltestellen, denn sie ist wählerisch. Man kann aus dieser Linie nicht an hässlichen Orten aussteigen. Eine junge Frau schiebt ihr Fahrrad auf den Rasen und stellt es auf Sattel und Lenker. Sie reinigt die Ritzel mit einem Lumpen. Ihre öligen Hände gefallen mir, sie sehen so bodenständig aus, als hätte sie ihr Leben in der Hand. Ein schwules Pärchen sitzt schweigend auf einer Bank. Vor ihnen liegen zwei röchelnde Möpse fettig auf dem Rücken.

Ich muss los, weil Johann mich am Alex erwartet. Ich springe plötzlich auf und gehe mit schnellen Schritten los, ich verlasse den Park hastig, so wie man sich ein

Pflaster von der Haut reißt, damit es nicht so schmerzt. Ich nehme die Motzstraße Richtung Nollendorfplatz. In dieser Straße kann ich mich aufrichten, wenn mein Ego am Boden ist. Die Männer hier sind so freundlich, mich lächelnd zu mustern oder mir mit gehobenen Augenbrauen nachzuschauen. Wenn ich geknickt vom Viktoria-Luise-Platz losschlurfe, bin ich bis zum Nollendorfplatz fünf Zentimeter gewachsen.

Die U2 schlängelt sich in weiten Bögen unter der Innenstadt, ich nehme sie eigentlich nie, um voranzukommen, sondern nur, um eine überschüssige halbe Stunde ordentlich im Keller zu verstauen. Neben mir nimmt ein Mann Platz, mit schmutziger Kleidung, wildem Bart und zwei ausgebeulten Plastiktüten. Er hantiert mit einer Flasche Bier, versucht sie mit einer gerollten Zeitung zu öffnen, die er aus einer Plastiktüte zieht, dann mit einer Streichholzschachtel, mit einer Gabel. »Soll ich Ihnen die Flasche öffnen?«, frage ich. Er schaut mich verdutzt an, reicht mir zaghaft das Bier. Ich ziehe eine leere Plastikflasche aus seiner Tüte, heble damit die Bierflasche auf und gebe sie ihm geöffnet zurück. Er starrt mich an, dann die Flasche, wieder mich, wieder die Flasche. Dann beginnt er sich zu bedanken, überschwänglich. Auch beginnt er sich zu rechtfertigen, obwohl doch jeder ständig trinkt, in den Bahnen der Stadt. Das Bier trinke er nur, weil er jetzt Feierabend habe, es sei ja schon Nachmittag und dies sei sein Feierabendbier. Und ich lächle ihn freundlich an, um seine Unsicherheit zu besänftigen. Ich habe irgendwie Respekt vor dieser Bettelarbeit. Wie eine Stewardess läuft er täglich die Gänge der U-Bahn-Züge ab, doch macht er nicht in Fröhlichkeit, sondern eben in Elend. Wenn das Lächeln die Stewardessen schon so erschöpft, wie sehr muss dann die Elendsdarstellung erschöpfen.

Einem Mann, der uns beiden gegenübersitzt, scheint dieser bescheidene Bettler zu gefallen, er hält ihm eine geöffnete Zigarettenschachtel hin und sagt: »Nehmen Sie sich doch welche!«

Der Bettler schüttelt verlegen den Kopf: »Nein, danke.«

»Los, nehmen Sie schon!«, sagt der Mann.

Und der Bettler, in einem Ausbruch von Trotz, ruft: »Nein! Ich nehme nichts! Ich habe Feierabend!«, nimmt sein Bier und seine Plastiktüten und schlüpft noch durch die Türen, die sich gerade schließen. Ich habe immer noch seine Plastikflasche in der Hand, die bringt fünfundzwanzig Cent Pfand. Am Alexanderplatz steige ich aus und lasse sie am Rande einer Stufe stehen, auf der Treppe hoch zum Licht.

»Hallo, Süßer!«, ruft die junge Frau, als sie mir in den Weg springt. Ihr Busen hüpft noch, da stecken ihre Füße schon fest im Boden wie der Pfeiler eines Stoppschilds. Ihr Verführungslächeln lenkt mich von dem Namensschild ab, das ihr um den Hals hängt, auf dem wohl PETA oder Amnesty steht.

Ich gehe weiter, aber sie springt im Hampelmann neben mir her, vielleicht will sie mich für einen Zumbakurs anwerben. Ich verfluche Johann, der mich ausgerechnet an die Weltzeituhr beordert hat. Ich hatte am Telefon noch alle Ausflüchte versucht, war ja geübt im Erfinden von Verpflichtungen, die mich vor Verpflichtungen schützen. Aber Johann hatte zu oft das Wort Freund benutzt, als dass ich hätte nein sagen können. Aber zumindest dem Treffpunkt hätte ich widersprechen können. Auf dem Alex wimmelt es von Fundraisern mit ihren Klemmbrettern, ihrem gekauften Enthusiasmus, die mir gegen Provision ein schlechtes Gewissen einreden. Vor Taschendieben habe ich mehr Achtung. Ich glaube insgeheim, die Menschheit wird untergehen, weil wir zwar alle süßen Tierarten vor der

Ausrottung retten, aber völlig unbemerkt irgendeine hässliche Tierart ausstirbt, an der alles Leben auf der Erde hängt, ein Bakterium, ein Hefepilz oder irgendeine Milbe. Und diese Hilfsorganisationen werden es gewesen sein, die uns über Jahre vom eigentlichen Problem abgelenkt haben.

»Darf ich dir kurz in die Augen schauen?«, fragt sie. Ich schaue sie entgeistert an. »Sie sind blau«, triumphiert sie.

»Ja, aber, was …«

»Du bist blond und blauäugig, genau so jemanden suchen wir! Wärst du bereit, dir eine typische Frisur der frühen vierziger Jahre schneiden zu lassen? Völlig kostenlos natürlich.«

»Frühe Vierziger?«

»Für den neuen Clooney! Wir brauchen dich als Statisten, du wärst perfekt als SS-Mann!«

»Als SS-Mann?«

»Ja, für Clooney, stell dir vor, das ist doch eine Ehre, danach werden dich noch deine Enkel fragen!«

Ich kann ihre Begeisterung nicht ertragen, kann nicht ertragen, dass sie jeden Satz mit einem Ausrufezeichen beendet, aber ich komme einfach nicht aus meiner Höflichkeit heraus, und schönen Frauen gegenüber war ich schon immer zu nachsichtig, die Schönheit nimmt einen irgendwie moralisch in die Pflicht.

»Nee, lass mal.«

»Ach komm, als Deutscher musst du dich der Verantwortung für deine Vergangenheit stellen!«

»Es tut mir leid, ich habe überhaupt kein Talent.«

»Ach was, du musst gar nichts können, nur marschieren! Und dieser strenge Blick, den du gerade hast, der wäre perfekt! Und du machst auch schöne stramme Schritte. Und wie du da den Baumwollbeutel über der Schulter trägst und dich am Henkel festhältst, als hättest du ein Gewehr geschultert. Mehr musst du ja gar nicht machen. Und dann, wenn George das Zeichen gibt, dann streckst du deinen Arm so aus und rufst: Heil, Heil, Heil!«

Ich sehe Johann an der Weltzeituhr stehen, beschleunige meinen Schritt, lasse die Frau hinter mir, drehe mich nur kurz um und lächle ein »Nein, danke«. Ich bin froh, dass ich mich aus dem Gespräch zu Johann flüchten kann. Ich umarme ihn, und er klopft mir dreimal mit seiner schweren Hand auf den Rücken.

Johann lebt in Süddeutschland, er ist Lehrer am katholischen Gymnasium, Religion und Geschichte, und seit er zu dick ist, um selber zu kicken, trainiert er am Wochenende die Nachwuchsmannschaft. Er trägt braune Budapester Schuhe zur gebügelten Bluejeans, unter dem Tweedsakko ein kurzärmliges Hemd, weil er das praktisch findet. Die alten Freunde vom Abitur trifft er auf Hochzeiten und Taufen, und alle, die er dort nicht trifft, sieht er hier in Berlin.

Irgendetwas regt ihn auf. Die Geduld, die man braucht, um die erste Zigarette aus einer frischen Packung zu pulen, er hat sie nicht, zerbricht die erste, die zweite, bis sich die dritte aus der Schachtel schütteln lässt. Er steckt sie in den Mund und tunkt sie in die Streichholzflamme. Kaum hat er mich begrüßt, hat er die Stadt schon zweimal grollend Gomorrha genannt, nun ist die Aufregung ein blauer Dunst, der langsam aus ihm entweicht. Dieser Moralrelativismus, diese Toleranz bis zur Gleichgültigkeit, wie er sagt, davon muss er erst husten, dann rauchen. Und die Menschen, sagt er, lieben dieses Berlin, lieben das Dreckloch und die Scheißegalität, weil es hier prickelt wie eine Brausetablette, die sich auflöst. »Und niemand nimmt es ernst!«, sagt er.

»Was willst du denn jetzt machen?«, frage ich ihn. »Kannst du mir nicht diese Hipster zeigen?«, sagt er. Ich weiß gar nicht, ob es noch Hipster gibt, ich war so lange nicht mehr in Neukölln, weil da das Kaffeetrinken so schwierig ist. Ich habe dort einmal einen doppelten Espresso bestellt, dann kam die Kellnerin und stellte mir ein Schnapsglas auf einer Untertasse hin, und in dem Glas war tiefschwarzer Espresso mit dicker brauner Crema obendrauf. »Im Glas?«, fragte ich. Sie sagte: »Ja, das trinkt man jetzt so in Brooklyn.« Erst war das Glas zu heiß zum Anfassen, dann war der Espresso zu kalt zum Trinken. Ich fragte mich, wie ich nach Brooklyn geraten war, und da ich keine Dollar in der Tasche hatte, ging ich, ohne zu bezahlen.

Die U8 hält nur knapp unter der Oberfläche. Als wir die Treppe hinaufsteigen und ich hochschaue zum Tageslicht, sehe ich einen Strauß nackter Beine, ein Bündel Mädchen in Hotpants. Neukölln ist der anstrengendste Stadtteil. Wie ein Windhauch fliegt mein Blick durch leichte Frühlingskleider, doch bei Hotpants bleibt er schwer hängen auf dem Stückchen Stoff, das noch zur Nacktheit fehlt.

Neben den deutschen Rentnern und der migrantischen Unterschicht gibt es hier so viele schöne junge Menschen. Sie halten ihr Untergewicht, sie pflegen ihr Haar, sie legen Wert auf ihre Kleidung und lassen sich nichts anmerken. In ihren Köpfen rumort es sicher genauso, doch von außen erscheinen sie beneidenswert, als würden sie viel mehr als ich in diese Welt gehören. Sie tragen diese bewusst alten und hässlichen Klamotten, vielleicht dienen die als Kontrastgrund, dass sie dann, im Vergleich, noch schöner aus ihnen herausschauen können. Vielleicht brauchen sie die hässlichen Klamotten auch als Trainingsgewichte für ihre Arroganz. Oder die Mode entwickelt sich hier streng nach den Marktgesetzen des Secondhandhandels, sie bohrt sich einfach immer tiefer in deren Lager. Sobald sich ein Kleidungsstück durchgesetzt hat, steigen die Preise und die Trendsetter müssen sich was Neues suchen. Sie arbeiten sich im Secondhandsortiment immer weiter voran, immer weiter Richtung Hässlichkeit und Unverkäuflichkeit, immer auf der Flucht vor steigenden Preisen und modischen Massen.

Es gibt aber diesen einen Moment, wo die Altkleiderjugend aus ihrer Rolle fällt. Da sind nämlich Rentner, in ihren uralten Klamotten festgewachsen, die plötzlich wieder in Mode geraten. Sie sehen aus wie siebzigjährige Hipster. Und weil sie diese Klamotten schon seit so vielen Jahren tragen, sehen sie so gelassen und selbstverständlich darin aus, dass die jungen Hipster an Coolness nicht mithalten können und verstört und gebrochen nach Hause gehen.

Wir gehen am Schaufenster eines türkischen Modegeschäfts vorbei, da werden Kopftuch-Kutten-Kombinationen ausgestellt, leichte Materialien scheinen gerade angesagt zu sein. Die Farben und der Schnitt sind züchtig, aber die Brustwarzen der Schaufensterpuppe zeichnen sich im Stoff ab.

Früher dachte ich, auf dem Land, in der Kleinstadt, werde man immer um seine Zeit betrogen, denn die Definitionsmacht über das spannende Leben liegt nun mal in den großen Städten. Und so bin ich in die Stadt gegangen, wo alle nach sich selbst suchen, aber in Wahrheit suchen sie nicht nach sich selbst, sondern nach den neuesten Regeln für das Sein. Individualität ist hier vorauseilender Gehorsam gegenüber den Mechanismen des Coolnesskalifats. Alle kommen mit so großen Erwartungen hierher, dass der Gedanke undenkbar wird, dass hier bloß Mittelmaß zu finden ist. Und alle Enttäuschten fühlen sich allein mit ihren Gefühlen, sie wagen sie nicht auszusprechen, sie wollen nicht klein sein in dieser großen Stadt.

Auf der Weserstraße hat ein neues Restaurant aufgemacht, von einem Künstler aus Süddeutschland, der gerade ein kleines Vermögen geerbt hat. Vorher war dort so ein kooperatives Geschäft für vegane Lebensmittel. Der neue Besitzer hat den Schriftzug »Vegan« auf der Schaufensterscheibe demonstrativ durchgestrichen. Er hat den ganzen Laden kacheln lassen, der sieht jetzt aus wie eine Landmetzgerei. Die Lampen hängen an Fleischerhaken von der Decke. Auf dem Ladenschild steht: »Soja nich!« Es gibt ausschließlich tierische Produkte auf der Karte: Rührei mit Speck, wahlweise in Butter oder Schweineschmalz gebraten, einen Wurstauflauf oder ein Schnitzel mit Schinken, Käse und Hackfleischsoße. Als Beilagen gibt es Fleischbällchen, Hähnchenflügel oder geschnetzelte Kalbsleber. Draußen protestieren Veganer und drinnen sitzen Blogger und freie Journalisten und schreiben über das neue Phänomen.

Wir setzen uns vor eine Kneipe, ich hole uns zwei Bier in gedrungenen braunen Flaschen von der Theke. Ich proste Johann zu, aber er liest mit angestrengtem Blick das Rücketikett seiner Flasche. »Da steht was von Biertrinken für einen guten Zweck«, sagt er. »Die machen keinen Gewinn, sondern spenden dann alles. Was soll das? Biertrinken ist mir Zweck genug. Jetzt müsste ich eigentlich nachschauen, ob ich diesen guten Zweck auch für gut halte. Und das will ich nicht, ich will doch nur ein Bier: Wasser, Gerstenmalz, Hopfen, keine moralische Dimension!«

Ich sage Johann, dass es zu spät ist, weil ich schon bezahlt habe. Er schnauft, dann stoßen wir an. Er würde sich weiter aufregen, doch er ist schon zu vertieft in das Gespräch am Nebentisch. »Hör sie dir an«, sagt er, »reden von Integration und vom Multikulti, aber sind gegen strengere Schulen und blockieren die wirtschaftliche Entwicklung. Wäre ja auch blöd, wenn die Migranten plötzlich bessere Jobs bekämen, wer würde denn dann den deutschen Mittelschichtskindern um vier Uhr morgens Tabak, Bier und Döner verkaufen?«

Ich zucke mit den Schultern. »Ja, ja«, knurrt Johann, »dass du längst allen Glauben an die Menschheit verloren hast, ist mir schon klar.«

Wenn wir früher auf den Partys mit den Frauen gesprochen haben, hat er immer mit beiden Händen die Werte hochgehalten und ich habe ihn unter den Armen gekitzelt. Die Lacher waren auf meiner Seite, aber das war ihm recht, denn er hat immer nur den Ernst für sich beansprucht. Nur die Frauen haben sich für den Ernst nie interessiert, und das trägt er ihnen und mir noch heute nach. Ganz anders als früher ist es heute trotzdem. Früher hatte ich noch den kindischen Glauben an irgendwas, heute nur den gereiften Zweifel an allem. Er greift nach seinem Zigarettenpäckchen auf dem Tisch, schüttelt es, aber es gibt keinen Laut. Er greift sich an die Brusttasche des Hemds und klopft sein Jackett ab, immer hektischer. Ich drehe mich zum Tisch hinter mir.

»Kann mein Freund sich eine Zigarette von dir drehen?«, frage ich.

»Klar kann er das«, sagt der Mann und springt von seinem Stuhl auf, »darf ich mich wohl zu euch setzen, Freunde?«

Der Mann wirft seinen Rucksack auf den einen Stuhl, setzt sich auf den anderen und dann angelt er noch ein aufgeschlagenes Skizzenbuch von dem Tisch, an dem er vorher saß. Er hat einen weiten Strickpulli an, sein Kopf ist geschoren und er hat eine verbogene Nickelbrille auf. Eine Boxernase hat er auch, doch er sieht nicht so aus, als ob er sich jemals geschlagen hätte. Das muss psychosomatisch sein. Er wühlt kurz in seinem Rucksack, dann klatscht er Johann ein zusammengeknülltes Tütchen Tabak auf den Tisch. Johann öffnet das Tütchen, nimmt sich ein Blättchen und einen Filter heraus, dann holt er den Tabak hervor und runzelt die Stirn. Er will etwas sagen, aber sagt dann nichts, er sortiert nur mühsam Graskrümel aus dem Tabak, bevor er sich die Zigarette dreht.

Der Mann trommelt mit den Fingern auf dem Tisch, wirft seinen Blick zu Johann, zu mir und dann wieder zu Johann. »Na«, kläfft er, »ihr seid doch auch Künstler, oder?« Er schaut Johann an, der bläst mit geschlossenen Augen dunklen Rauch aus und schwenkt behäbig den Kopf. »Schriftsteller, Schriftsteller«, sagt der Mann, wischt sich Speichel vom Kinn und schaut mich an. »Ihr seid doch beide Schriftsteller!« Ich betrachte meine Bierflasche und zucke ein Kopfschütteln.

»Ja, ja, ich weiß, meine Freunde«, er sitzt nun ganz gerade und seine Stimme bekommt so einen theatralischen Singsang. »Niemand hat die Absicht, eine Geschichte zu schreiben. Es reicht, ein Leben zu leben und dessen Zerfallsprodukte in Worten endzulagern. Aber seien wir ehrlich, man erreicht selten Ruhm und Ehre auf den Feldern von Trübsal und Antriebslosigkeit. Die Konkurrenz ist groß und die Ergebnislosigkeit medial schwer vermittelbar. Also müssen wir wohl doch schreiben, um gesehen zu werden, denn wir gehören nicht zu jenen, deren Anblick zu genießen das menschliche Auge erschaffen wurde: Wir sind hässlich.« Und dann legt er Johann und mir jeweils eine Hand auf die Schulter und schaut uns beide verschwörerisch an. »Und dieser Frust ist Antrieb genug, ein paar Wörter ins Karoheft zu nuscheln, die kaum reichen, um jede Woche einmal umzublättern.«

Johann schiebt sich seine Zigarette in den Mundwinkel und dreht sich eine zweite. Ich pule das Rücketikett von meiner Bierflasche.

»Und wir Menschen, deren Leben ein unruhiges ist, kämpfen mit Kaffee gegen den Kater, auf demselben Stuhl im selben Café, in dem wir ihn erst gestern mit der Flasche aufgezogen haben. Unsere Unruhe erschöpft sich darin, unruhig zu sitzen und immer nur für Minuten zuzuhören. Und unsere Beunruhigung ist die Langeweile bei allem, was die anderen glücklich macht. Und da schließt sich der Kreis, denn diese Qual ist die Quelle. Langeweile und ein Hirn, das nicht still sitzen kann, gebären Gewalt in Gedanken, die nur niedergeschrieben zum Erliegen kommt. Man streift sie vom Kuli ab ins karierte Papier, wie man Schuhe an Matten abstreift. Und im nächsten Arbeitsschritt macht man einfach Dreck zu Gold. Dafür braucht man große Hitze oder zu viel Geduld.«

Johanns Blick und meiner treffen sich, unsere Mundwinkel zucken und dann nicken wir einander zu. Ich rufe »jetzt«, wir springen auf, die Stühle kippen nach hinten und wir rennen los. Wir hören noch, wie der Künstler immer lauter ruft, je weiter wir uns entfernen: »Wir sitzen nur hier, weil wir uns selber zu sehr lieben, weil wir zwar Künstler sind, doch niemals welche sein werden, weil wir zwar alles geben, doch nie genug, um uns selber zu zerstören. Solange wir unsere eigene Zerstörung nicht gezielt anstreben, werden wir niemals Künstler, sondern immer nur Beamte sein.«

Und wir biegen um eine Ecke und die nächste und dann bleiben wir stehen, Johann hustet und ich lache. Ich frage mich, warum ich so lange nicht gelacht habe, weil ich so ernst geworden bin oder so lächerlich? Und als sich Johanns Husten beruhigt hat, lacht er auch, sein Lachen, das immer völlig außer Kontrolle gerät, als wäre er noch ein Kind und zwei Erwachsene würden ihn an den Füßen kitzeln. Und ein bisschen fühlen wir uns so frei wie damals, als uns noch Wege offenstanden, als wir noch nicht am Ende unserer jeweiligen Sackgasse angekommen waren.

»Warum bist du eigentlich hergekommen?«, frage ich. Er schüttelt den Kopf, schnauft enttäuscht und läuft schnurstracks in den nächsten Späti. Junge Leute kaufen die üblichen Pullen Proviant, ihnen ist das tägliche Nachtleben so selbstverständlich wie anderen die Vierzigstundenwoche. Und ich bin neidisch, denn ich muss mich erst durch vier Flaschenhälse zwängen, um es überhaupt ertragen zu können. Ich sehne mich nach meinem Späti im Wedding, wo die Polen, die auf dem Utrechter Platz rumlungern, immer dieselben Einkäufe machen, zwei Taschenflaschen Wodka und eine Caprisonne oder zwei Knoppers und ein Pilsator. Am Sonntagmittag sehe ich zwölfjährige Kinder, die mit ein paar Münzen in der Faust zum Späti geschickt werden und dann drei Packungen asiatische Instantnudeln nach Hause tragen.

Johann stellt zwei Flaschen Ballantine's auf den Tresen, lässt sich drei Pack Zigaretten aus dem Regal geben und schiebt dem Verkäufer einen Hunderter hin. Wir setzen uns auf eine Bank unter einen Baum mit Blick auf die Weserstraße.

»Was ist denn nun?«, frage ich ihn. Er saugt an einer frischen Zigarette und schüttelt die Flamme vom Streichholz. Er hat zu viel zu sagen, um einen Anfang zu machen. Manchmal öffnet er unüberlegt seinen Mund und schließt ihn dann wieder. Vorm Reden retten Zigaretten.

Er nimmt seinen Rucksack auf den Schoß, reißt die Reißverschlüsse auf, wühlt in seinen Klamotten, legt den Adorno und den Schopenhauer auf die Bank, damit er tiefer im Rucksack graben kann, die hat er immer dabei, um im Notfall gegen die Wirklichkeit anzulesen. Dann stellt er zwei Whiskygläser auf die Bank zwischen uns, füllt eines bis zum Rand, kippt es runter und füllt beide Gläser.

»Cheers.«

»Cheers.«

»Auf die Liebe«, sage ich. Er schüttelt den Kopf und verreibt die Zigarettenglut auf dem Verbundpflaster. Dann beginnt er zu erzählen. Die Frau habe ihn erst kürzlich aufs Rücksichtsvollste abgelehnt. Rücksichtsvoll ist das Schlimmste, kaum eine ist so freundlich, sich hassen zu lassen. Man merkt ihm sein Glas Vorsprung an. Zwei Flaschen Whisky, sage ich, unmenschlich viel für uns beide, doch seine Schmerzen seien auch unmenschlich, versichert er mir. Wenn es eine Frau für ihn gegeben hätte, dann diese, ihre Bildung, ihr Familiensinn, ihre Moral und dann auch noch die Schönheit. Die

Schönheit macht es immer kompliziert. Ein gebranntes Kind sei sie, nach Strich und Faden betrogen, dann von ihm getröstet, erfolgreich getröstet, denn seit kurzem sei sie wieder verpaart. Nicht mit ihm, versteht sich, aber das Angebot der Freundschaft bestehe. Deshalb trinken wir. Johann hat seine Moral immer fern der Praxis sauber gehalten, aber im Urteil ist er geübt. Der sie betrogen und schließlich verloren hat, ein armer Irrer sei das. Stadtbekannt sei er gewesen unter den Frauen, nur sie habe das viel zu spät erfahren. Und selbst dann liebte sie weiter die widerliche weibliche Liebe der Selbstaufopferung, disziplinierte sich von ihm weg, statt sich von ihm weg zu hassen. Sie hungerte sich von ihm los, ließ neue Löcher in ihre Gürtel stechen.

Ich will etwas sagen, spüre plötzlich das Bedürfnis, über Judith zu reden, und über Hanna auch, doch ich komme nicht zu Wort, denn er mag es, von seinem Leid zu reden. Der Sex sei nichts wert ohne die Liebe, sei nur Masturbation im anderen Geschlecht. Und während ich mich seit Jahren frage, wer ich bin, gibt er mir im Vorbeigehen die Antwort. Eine Werteordnung niederreißen und dann keine neue installieren, dann vierzig Jahre später, das sind wir. Er kippt Whisky, die Hitze steigt ihm rot ins Gesicht. Er raucht in schneller Folge. Wenn die Glut am Filter ist, zündet er sich daran schon die nächste an. Es gibt Leute wie ihn, denen ist es tatsächlich lieber, recht zu haben, als glücklich zu sein. »Und wenn sich das nach Stammtisch anhört, dann gebe ich das gerne zu. Doppelkorn statt Doppelmoral! Cheers!« Unsere Gläser klacken dumpf aneinander, eine Welle Whisky schwappt von seinem Glas in meins.

Eigentlich finde ich mich ständig in diesen Situationen wieder, die mich anwidern und anziehen zugleich. Und dann sehne ich mich nach dem langweiligen Rest der Menschheit, erhoffe mir Erholung, aber stelle fest, dass die Langeweile mehr als alles andere an meinen Kräften zehrt. Und deshalb hänge ich an den Verrückten, die in der Welt stehen wie am Rande einer stark befahrenen Straße, die eine Lücke suchen, um sich in den Verkehrsfluss einzuordnen, diese Lücke aber nie finden und vom Fortkommen der anderen nur den Lärm und den Gestank abbekommen. Sie sind nicht gemacht für den Standardbetrieb der Aufmerksamkeit, sind mit jedem Wort zu laut oder zu leise. Manche sagen, solche Menschen haben seltene Stärken, große Talente, aber ich finde gerade die Schwierigkeiten, die sie machen, irgendwie wertvoll. Menschen scheinen entweder langweilig oder verrückt zu sein, dazwischen gibt es nichts.

Die Nacht ist warm und vom Whisky bleibt eine ruhige Trunkenheit, die mit der Welt versöhnt. Ich fühle mich in der Schwebe, ein Zustand völliger Offenheit, in dem man sich leicht etwas einfängt, eine neue Liebe oder ein neues Selbstverständnis oder eine neue Weltsicht. Wir setzen uns vor eine Kneipe, und mir wird ein Gedanke greifbar, der schon lange in der Klärgrube meiner Resignation sedimentierte. »Früher habe ich noch gestaunt, wie viele Möglichkeiten es im Leben gibt, wie viele Leben möglich sind. Und vor jeder Entscheidung habe ich mir zu viele Gedanken gemacht und hinterher immer einen Grund gefunden, sie zu bereuen. Doch irgendwann merkt man, dass alle Richtungen, in die das Leben verlaufen könnte, eigentlich erschreckend gleich gut sind. Man hat nichts zu hoffen, aber eben auch keinen Grund, enttäuscht zu sein.«

Johann nickt gedankenschwer. Die Kellnerin kommt aus der Kneipe, ihre Haltung ist so unerreichbar aufrecht, dass ich resigniert im Stuhl noch tiefer rutsche. Sie setzt ihre Füße voller Sorgfalt auf, und ich betrachte erstaunt den Boden, weil er nun zerbrechlich und wertvoll scheint. Sie kommt näher, und ich falle schwer aus meiner Schwebe. Sie ist die Leserin aus meinem Café. Sie hat kein Buch in der Hand, sondern einen Wischlappen, und sie schaut mich an, erkennt mich nicht, fragt nur ruppig: »Was darf's sein?« Ich weiß nicht, was ich sagen soll, fühle mich wie ein enggeschnürtes Bündel aus Hirn und Libido, dem gerade jeder Gedanke abgedrückt ist. Johann lächelt und springt für mich ein, bestellt zweimal doppelten Espresso. Ich verknete die Lust in meinen Händen, hoffe, dass sie als Reibungswärme verpufft. Ich stehe auf und gehe rein, bin mir nicht sicher, ob ich tatsächlich zur Toilette muss oder ihr bloß wie abgerichtet nachlaufe. Ein alter, dicker Mann hat sich hierher verirrt, er freut sich, als er von einem hübschen Mädchen angerempelt wird, dann schaut er sich verschämt nach allen Seiten um. Als ich sie endlich sehe, hat sie schon die beiden Kaffees auf dem Tablett, und ich laufe ihr nach, als sie raus zu unserem Tisch geht. Dort liegt die Zigarettenschachtel offen vor Johann, die Filter zeigen zu ihm, und nicht aus Drang, sondern aus tiefer Ruhe zieht er eine Zigarette aus dem Päckchen, so langsam, als dürfte er die anderen, die daneben liegen, nicht wecken. Er klopft mit dem Filter dreimal auf den Tisch und streicht dann mit Daumen und Zeigefinger am Tabak entlang. Mit drei Fingern setzt er sie zwischen die Lippen. Hinter der linken Hand gibt er sich Feuer. Er wirkt nun leicht wie der Rauch, der sich nach oben kräuselt. Sie lächelt ihn an, stellt meinen Kaffee ab und dann seinen.

Ich setze mich wieder hin und Johann spricht schräg nach oben in die Nacht, wie ein Schauspieler beim großen Monolog. »Die Politik richtet nichts mehr aus, nur die Politiker richten sich ein, in ihren Büros, um dort abzuwarten. Und es ist nicht zu spät, doch unabwendbar, dass es bald zu spät sein wird.« Dann schiebt er angewidert den Folienkeks vom Untertassenrand. Und ich frage ihn, wie er das eigentlich aushält, wie er so gelassen bleiben kann, wo er sich doch über den Niedergang so sicher ist. Und er sagt mir, dass es irgendwann den großen Knall geben wird und alles von vorne beginnt. Und dann würden jene gebraucht, die zu denken bereit sind, dann wäre nur noch auf wahre Freunde Verlass. Er schmunzelt. »Eigentlich ist das mit dem Kulturpessimismus eine sichere Wette: Entweder habe ich recht oder wir haben Glück.« Dann winkt er nach Weißweinschorle.

Unser Gerede hat längst die Zusammenhänge verloren, aber überzeugender ist sowieso die gefühlte Vernunft. »Lass uns den Karren gegen die Wand fahren«, sagt er und wir prosten einander zu, »lass uns den Karren gegen die Wand fahren und dann die Verantwortung wieder tragen, die Dinge wieder schätzen lernen.« Und er scheint endlich wieder glücklich zu sein in dieser warmen Nacht. Wir bestellen im Wechsel Runde um Runde, und die Kellnerin bringt uns randvolle Gläser. Dann setzt sie sich dazu mit ihrem eigenen Glas. Und als sie Johann fragt, was wir denn machen, sagt er, dass wir den Karren gegen die Wand fahren wollen und dann von vorne beginnen, und er fragt, ob sie nicht mitfahren möchte. Und sie lächelt und zwinkert und sagt: »Lass uns gehen, mich hält hier nichts.«

Der Holztisch und die beiden Stühle sind verwittert wie Treibgut. Der brüchige Außenputz rieselt als feiner Sand auf meinen Balkonboden. Und da liegen auch die Muscheln verschüttet, die mir Hanna in einem Plastikbecher von den Philippinen mitgebracht hatte. Eine Möwe sitzt auf der Balkonreling und schaut mich an. Johann hatte den frühen Flug. Unten schieben die Türken das Gemüse aus dem Kühlraum scheppernd übers Pflaster, richten vor dem Supermarkt die Auslagen an. Yussuf ruft Kommandos, brüllt den anderen die Müdigkeit aus den Knochen. Ich warte, bis die Geschäfte öffnen, es ist kein Kaffee im Haus.

Morgens im Netto, wenn sie aufsperren, fluchen die

Kassiererinnen. Wieder ist ein Azubi nicht gekommen, hat verschlafen oder Besseres zu tun. Irgendwann wird er entlassen, dann fluchen sie über den nächsten. Nebenan im Drogeriemarkt gibt es Eröffnungsangebote, manche Leute warten schon seit einer Stunde, die meisten schieben einen Kinderwagen. Eine junge Mutter tritt aus dem Laden, trägt ihr Kind auf dem Arm, denn mit dem Kinderwagen transportiert sie das Klopapier, vierlagig und einen Meter hoch gestapelt.

Die Kassiererinnen im Kaiser's sind über Jahre verblödet an der Langeweile der Mittelschichtskundschaft, sind langsam und stumpf und sagen ihre Sätze auf wie eine Puppe, der man auf den Bauch drücken muss. Im Netto dagegen sind sie Spezialkräfte, geübt in Ruhe und schnellem Denken, trainiert für das Einsatzgebiet. Sie haben Geduld, bis der schwankende Säufer wieder Halt gefunden hat, sie rufen zur Ordnung, wenn zwei streitende Männer einander am Kragen packen, sie zählen den dementen Alten das Kleingeld aus der Hand. Die Gesellschaft wird von Netto-Kassiererinnen zusammengehalten, nicht von den großen Lenkern mit dem klugen Plan. Und mich mögen sie, weil ich ihnen alle diese Probleme nicht mache, und darauf bin ich ein bisschen stolz.

Im Dönerladen ziehen sie die Plastikfolie vom frisch eingespannten Tiefkühlspieß, die ersten Fettperlen glitzern schon im Sonnenlicht. Ein Mann wartet auf den Bus zur Arbeit, der kommt meistens zu spät, aber darauf verlassen kann man sich auch nicht. Jeden Morgen wirft der Mann einen Blick in den Mülleimer, doch Glück hat er selten, die Professionellen sind schon da gewesen, haben den Arm bis zur Schulter in den Abfallkorb geschoben ihn mit drei geübten Griffen durchwühlt. Viele schielen nur nach den Abfallkörben, der Flaschenblick, sie schlendern die Straße entlang, lassen es sich kaum anmerken, doch wenn sie eine Pfandflasche sehen, greifen sie zu und tragen sie zum Rückgabeautomaten bei Kaiser's, der stinkt wie eine Bierstube bei Sommerhitze. Ein Lederjackenträger, dessen Gesichtszüge, von Piercings behängt, ganz schwermütig wirken, schiebt einen Kasten Bier im Einkaufswagen nach Hause und trinkt auf dem Weg schon die erste Flasche.

Die Straße runter sehe ich, wie Doro die Stühle vor dem Café aufklappt. Sie macht meist die Frühschicht, brüht Glück für eins dreißig, schenkt der halben Müllerstraße am Morgen das Leben. Der Rauch der Röstmaschine plustert sich auf an der Mündung der Entlüftung. Der Duft zieht die Menschen an der Nase ins Café.

Und noch an jedem Tag, an dem ich Großes vorhatte, habe ich es gleich am Morgen sein gelassen.